出雲のあやかしホテルに就職します⑭

硝子町玻璃

AYAKASHI HOTEL

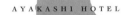

プロローグ

それは二月二日の出来事だった。

「追っ手に追われている。予約はしていないが、何とか匿《かくま》っていただきたい」

厚手のコートにサングラス。そして赤いニット帽といかにも怪しい風貌の客だが、帽子から二本の角が突き出ている。

「かしこまりました。……お部屋に空きがございますので、ご案内いたします。ちなみに、何泊のご予定でしょうか？」

「予定としては明後日までだ。明日さえ乗り切ることが出来れば……早く部屋に案内してくれ！」

周囲をキョロキョロと見回しながら、その男は櫻葉永遠子《さくらばとわこ》に訴える。警戒心が尋常ではない。

「では、お荷物をお部屋までお運びいたします」

ベルガールの時町見初《ときまちみそめ》が、「こちらです」と客室まで先導する。

と、到着したところで男が険しい面持ちで一言。

「誰かが訪ねてくるかも知れないが、私がここにいることは内緒にしてくれ」

声を潜めながら言うと、ドアを勢いよく閉めてしまった。

そして翌日。

「あのお客様……昨夜はご飯も食べないで、ずっとお部屋に引きこもっていらっしゃいましたね」

「よほどの事情があるんだろうな……あの鬼」とベルボーイの椿木《つばき》冬緒《ふゆお》がしみじみと言う。

「本人は隠しているつもりでしょうけど、どう見ても鬼よね……」

三人がロビーで話し込んでいると、一組の親子連れが来館した。頭には角が二本。こちらは特に隠す様子もない。

「あの……申し訳ありません。鬼を探しております。この子の父親なんですが……」

「ちゃーん！」

やつれた様子の母鬼に、永遠子が説明する。

「申し訳ございません、お客様。お泊まりいただいている方の個人情報は、お教えすることが出来ません」

「そうですよね……お手間を取らせてすみませんでした」

すると子鬼が「ちゃーん！」と叫びながら、ロビーの奥へと走り出してしまった。

「ああっ！　坊や、お待ち！」

母鬼が慌てて後を追いかける。

「ちゃーん！　ちゃ……」

廊下を走っていた子鬼は曲がり角で誰かとぶつかって、ぺたんと尻餅をついた。

「ほっほっほ。元気な子鬼じゃのぅ。こんなところでどうしたんじゃ？」

常連客の雨神《あめがみ》が子鬼の頭を撫でていると、追いかけてきた母鬼が理由を語る。

「主人を探しているんです。その、今日は大事な日なんです」

「主人？　おお……」

人のよい雨神が思い出したかのように言う。

「そういえば昨日、鈴娘が一人案内しておったのぅ。どれ、部屋まで連れて行ってやろう」

深く考えずに、親子をとある部屋まで案内する。部屋の前に着くと、母鬼が早速ドアをノックする。

「あんた、いるんだろ？　開けておくれ」

それでも返事はない。

「聞いておくれ。……この子が今日のイベントで、あんたの代わりに豆をぶつけられに行くって言うんだよ」

「ちゃーん！」

子鬼の叫び声を聞きつけ、「何だ何だ」と妖怪の宿泊客が集まり出した。雨神がこれまでの経緯を彼らに説明する。

と、ドアの向こうから野太い声が聞こえてきた。

「よかった……！　相手が子供なら投げるのも手加減してくれるだろう。頑張って行って来い！」

「あんた⁉」

「ちゃん⁉」

周りの妖怪たちも、親とは思えない発言に愕然《がくぜん》とする。

「最低だ……最低すぎる」

「鬼の風上にも置けねぇ」

「奥さん、こんな奴とは別れたほうがいいよ！」

非難囂々《ひなんごうごう》の中、俯いていた母鬼が意を決してドアの向こうへ呼びかける。

「あんたの気持ちはよく分かったよ。二人で頑張って生きていくことにするよ。……達者でね」

「ちゃーん！」

二人がその場を後にする。直後、勢いよくドアが開いた。

「ま、待ってくれ！　もう一度俺にチャンスをくれないか⁉　必ず立ち直……うぎゃっ！」

「うるせぇ、バカ鬼が！　テメェの言うことなんざ信用出来るか！」

部屋から顔を出した鬼に、妖怪たちが豆をぶつけ始めた。

「ちょ、ちょっと待ってくれよ！　お前ら何なんだよ⁉」

「やかましいわ！　お前なんて豆に撃たれて死んじまえ！」

そう言いながら容赦なく豆を投げ続ける。ちなみに妖怪たちが持っている豆は、本日の催し物で鬼に扮した冬緒に投げ付ける予定で配られたものだ。

「痛い痛いっ！」

鬼はそのままロビーを通り越して、玄関から逃げ出していった。それを「待てコラァ！」と追いかける妖怪たち。

「鬼さん、帰っちゃいましたね……」

見初がぼそっと呟くと、遅れてきた母鬼が申し訳なさそうに頭を下げる。

「あのー、宿泊代のことなんですが……」

「あ、結構です。今日のお仕事、ちゃんとしてくださいましたから」

永遠子は笑顔でそう言いながら、子鬼にお土産の豆を渡す。

「帰ったら、お父さんにいっぱいぶつけてね」

「ありがとー！」

「ちゃーん！」以外の言葉を初めて聞いた見初たちだった。

第一話　雛人形

今は昔、各地で戦の絶えぬ安土桃山時代。

山陰地方にて、とある変わり者の城主がいた。武将であれば誰もが天下統一という大きな野望を抱く中、その男は争いを好まず平和に暮らすことを望んでいたのだ。

「まあ、光真《みつざね》様。そのお顔はいかがなされたのですか？」

顔に墨汁で落書きをされた夫を見て、梅姫《うめひめ》はぎょっと目を見開いた。

「はっはっは。お鶴《つる》にやられてしまった。どうだ、上手く描けておるだろう？」

「何を仰っているのです。早くお顔を洗ってきてくださいませ」

「しかし……せっかく娘が描いたものをあっさり洗い流してしまうのは、いささか勿体ないとは思わぬか？」

顎《あご》を擦りながら唇を尖らせるその姿は一城の主には到底見えず、梅姫は肩を竦《すく》める。すると、側を通りかかった年老いた侍女が二人に話しかけてきた。

「光真様、梅姫様。例のものが届きましたので、早速広間に飾らせていただきました」

「まことか⁉　ずっと楽しみにしておったのじゃ！」

夫は表情を明るくすると、墨だらけの顔のままで大きな足音を立てて走り去って行った。

梅姫も慌ててその後を追いかける。

「お待ちください！　お顔を洗うのが先です！」

「そんなものは後じゃ、後！」

光真が妻の制止を振り切って広間に飛び込むと、そこには既に幼い我が子や家臣たちが集まっていた。

広々とした室内の一隅に飾られた二体の人形。片方は愛らしい華やかな着物を纏った女を、もう片方は烏帽子《えぼし》を被った男を模している。

「あっ。見てください父上、母上！　とっても可愛らしいお人形でございまする！」

「そうだろう、お鶴。こうして人形を飾っておると、災いを祓《はら》ってくれるそうだ」

「左様でございますか！　ではこの者たちに、何かお礼をしなくてはなりませんね！」

「よし、それでは後で金平糖を用意するとしよう」

その言葉に反応したのは、他の子供たちだった。

「私たちも金平糖をいただきたいです！」

「そうでございます！　お人形様だけなんてずるい！」

「もちろん、お前たちも好きなだけ食べてよいぞ」

直後、子供たちから可愛らしい歓声が上がった。と、家臣の一人が「でしたら、我らも美味い酒をいただけませんか」と言い出す。

「お前らもか？　まあよい。本日は特別じゃあっ！」

今度は野太い歓声が沸き起こった。広間の入り口で佇んでいた梅姫は、笑い合う夫たちを見て表情を柔らかくする。

血で血を洗い流すような動乱の世。ひょっとしたら明日には命を落とすかもしれない過酷な時代。

それでも、この平穏な一時がずっと続いて欲しい。

だが、そんな平凡な願いさえも叶うことはなかったのである。

◆　◆　◆

厳しい寒さが過ぎ去り、徐々に暖かな春の気配を感じ始めるようになった頃のこと。

この日、とある老夫婦は朝早くから自宅の蔵掃除に励んでいた。

「よいしょっと……これで全部だな」

「お疲れ様、あなた。ひとまず休憩にしましょう。今お茶を淹《い》れてくるわね」

「おう、頼むわ」

夫は自分の腰をとんとんと叩きながら、縁側から家の中に戻っていく妻を見送った。居間の壁時計を覗いてみると、そろそろ昼を迎えようとしている。思ったよりも時間がかかってしまったようだ。

蔵の入り口付近には、中から運び出してきたものが散乱していた。今でも使えそうな調度品もいくつかあったが、その殆どは単なるガラクタだ。親戚や知り合いから押しつけられたものを、むやみやたらにしまい込んでいった結果である。

あれらを全て粗大ゴミに出すとなると、費用はどのくらいになるだろう。

頭の中で計算をしていると、妻が湯飲みと茶菓子を盆に載せて縁側へやって来た。

「はい、どうぞ。熱いから気を付けてね」

「ありがとう」

白い湯気の立つ煎茶が、久しぶりの力仕事で疲れ切った体にじんわりと染み渡っていく。ちびちびと啜《すす》っていると、妻はサンダルをつっかけて、ガラクタ置き場へ歩いて行った。

「まさかこんなにたくさん入っているとは思わなかったわねぇ……あら？　何かしら、この箱」

妻が薄汚れた木箱を両手に抱えて戻ってきた。蔵の中から運び出している時は気付かなかったが、表面には桃の花の意匠が彫られている。これが妻の関心を引いたのだろう。

「これは……お人形さんかしら？」

蓋を開けた妻は、きょとんと首を傾げた。

中に収められていたのは、着物を纏った男女の日本人形だった。しかしどちらも奇妙な形をしていて、男のほうは袴姿に両手を大きく広げ、女のほうは着物と思われる部分が短冊のように長方形になっているのだ。

そして顔以外は紙か布で作られているのか、手に取ると軽くて薄っぺらい。

「何だこりゃ……呪いの人形ってやつか？」

よく言えば個性的、悪く言えば不気味な見た目に、夫は顔を引き攣《つ》らせた。しかし妻は「ああ、思い出したわ」と笑みを浮かべながら言った。

「これ、雛人形よ。こんなところにしまっていたのね。すっかり忘れてたわ」

「こんな変な形をしたやつが？」

「ええ。あ、そうだ。もうすぐ雛祭りだし、あの子のところへ送ってあげましょう。前に雛人形が欲しいって言ってたから、きっと喜んでくれると思うわ」

「お、おい……」

渋い顔をしている夫に構うことなく、妻はいそいそと息子夫婦に連絡し始めたのだった。


「……そうしたらね、『そんな古いのはいらない』って孫に断られてしまったの。だけど他のゴミと一緒に捨てちゃうのは、何だか可哀想でしょ？　もしよかったら、あなたたちのところで飾ってちょうだい！」

「ありがとうございます、佐藤《さとう》さん。……ですが、本当にいただいてしまってよろしいんですか？」

見初《みそめ》は近所の老婦人にそう尋ねながら、彼女から受け取った木箱をまじまじと見ていた。見るからにかなりの年代物である。某鑑定番組に応募したら、それなりの値がつきそうだ。

「それがね、うちの人がこんなものさっさと捨ててしまえって言うのよ。ご近所の人たちも気味悪がって受け取ってくれないし。だからまあ……とにかく、その子たちをお願いね！」

老婦人はそう締めくくると、老いを感じさせない軽快な足取りでホテルのロビーから去って行った。

「……ていよく押し付けられたな」

木箱を持ったまま立ち尽くしている見初に、冬緒《ふゆお》がぼそりと一言。見初もそんな気はしたが、「そんなこと言っちゃ駄目ですって」と軽く咎《とが》めてから早速木箱を開けてみる。

そして奇妙な二体の人形を見た途端、素早い動きで蓋を閉めた。

「……どうしましょう、冬緒さん！　これって絶対に呪いの人形ですよ！」

「違う違う。こいつは立ち雛っていう雛人形の原型みたいなものだよ」

見初から箱を受け取り、中身を確認しながら冬緒が説明を始める。

「元々雛祭りは、紙の人形に災いを移して川に流す『流し雛』という行事と、平安時代に宮中で流行っていた人形遊びがくっついて生まれたんだ。そして、紙の人形が変化したのが立ち雛。俺たちがよく知っている見た目の雛人形が作られるようになったのは、江戸時代に入ってからなんだよ」

「それじゃあ、すごい昔に作られたってことですか……」

先ほどの老婦人曰く、その昔知り合いの古物商から結婚祝いでもらったものだという。

しかし男児しか産まれなかったため飾る機会もなく、蔵の中で埃を被っていたらしい。

やっぱりホテルに寄贈などせずに、鑑定番組に出したほうがよかったのでは。見初は女雛を指でちょんとつつきながら、そう思った。

「だけどこのお人形さん、どの辺りに飾ります?」

「そうだな……」

見初と冬緒がロビーを見渡しながら、人形の置き場所を考える。すると、それまで黙っていた永遠子《とわこ》が口を開く。

「佐藤さんには申し訳ないけれど、ロビーに飾るのはやめたほうがいいと思うわ」

「あっ、やっぱりダメですか?」

見初が尋ねると、永遠子は苦笑いを浮かべた。

「昔、似たような立ち雛をこの辺りに飾ったことがあったの。そうしたら、親子連れのお客様がお見えになった時に、そのお子さんが怖がって泣き出しちゃったのよ」

……実害まで出ていた。

確かに見慣れない独特なフォルムをしている。幼い子供が怯《おび》えるのも無理はない。

だがこのまま木箱に入れっぱなしというのも立ち雛が哀れなので、彼らは寮のホールに飾られることになった。

「これでよし、と」

厚紙と金色の折り紙で作った小さな屏風《びょうぶ》に立ち雛を立てかけ、冬緒は満足げに頷いた。

「すごい……！　後ろに屏風を置いただけで、一気に雛人形っぽくなりましたね！」

見初が背景の重要性を再認識していると、どこからか調子外れな歌声が聞こえてきた。

「ぽんぽんぽこぽーん、ぽんぽんぽこぽーん。オイラはさすらいの～、クールな狸さ、ぽんぽんぽ……あれっ。何その変な人形。見初姐《ねえ》さんが作ったの？」

「違うよ！」

不思議そうに首を傾げる風来《ふうらい》に、見初は事情を説明した。

するとこの狸は「えっ⁉」と驚いた後、

「ネットオークションに出品してみようよ！　絶対ものすごい高値で売れるって！」

「人からのもらい物だ、バカ！」

あまりにも身も蓋もない発言に、冬緒が鋭く叫んだ。

「風来、それは流石にダメだよ。人の心がない」

「だけど見初姐さん、大金持ちになったら毎日焼き肉食べ放題だよ⁉」

「焼き肉食べ……いやいや、私は流されないよ！」

見初が首を大きく横に振って、肉の誘惑を断ち切ろうとしている時だった。

――ふふ、あなたに決めたわ。

背後から聞こえた女性の声と、誰かにじぃっと見られているような感覚に、見初は目を見開きながら振り返った。しかしそこには、二体の立ち雛が佇んでいるだけだった。

「……どうした、見初？」

「あ……何でもないです。それより、そろそろ晩ご飯食べましょう。私もうお腹ペコペコです！」

今のは気のせいだろう。そう結論づけて、冬緒と風来とともにその場から離れる。

だが食事をしている最中も、見初は何者かの刺すような視線をずっと感じていたのだった。

あれは何だったのだろう。

見初はベッドで仰向けになりながら、ずっと考え込んでいた。見初のお腹に乗りながら白玉《しらたま》がその様子を眺めている。

「ぷぅ？」

「ううん、何でもないよ。……そろそろ寝よっか」

そう言いながら、部屋の明かりを消そうとする。

――お願いいたします、誰か助けて……っ。

弱々しく助けを求めるその声に、見初ははっと息を呑んだ。廊下から聞こえてきたような気がする。

「誰だろう……ちょっと様子を見てくるね。白玉は部屋で待ってて」

「……ぷ？」

何のこと？　見初の言葉にきょとんとする白玉。見初は恐る恐る廊下に向かった。

「誰かいますかー……？」

周囲をきょろきょろと見回しながら、小声で呼びかけてみる。

すると、

――私はこちらにおります。早く、早く……っ。

声に導かれるようにして、薄暗い廊下を歩き始める。静寂に包まれたホールに辿り着くと、見初は照明のスイッチを入れて、声の主を探した。

――ありがとうございます、お嬢さん。さあ、もっとこちらへ……

声は立ち雛が飾られている辺りから聞こえてくる。何となく不審な予感がするが、困っている誰かを放ってはおけない。

見初は意を決して立ち雛へと近付いていった。……数時間前に見た時より不気味さが増したような気がする。

――女雛の目をじーっと見詰めてください。そうすれば、私は救われるのです。

「は、はい！」

言われた通りに少し屈んで、女雛と視線を合わせてみる。だけどやはり薄気味悪くて、すぐに目を逸らそうとした時、女雛の目が赤く光った。

「ぎゃあっ！　呪われる⁉」

慌てて逃げ出そうとすると、体の中から何かを引きずり出されるような奇妙な感覚に襲われた。そして、別《つむ》なものを無理矢理押し込まれるような不快感。それに耐えきれず、見初はぎゅっと目を瞑った。

「ん……？」

どのくらい経っただろう。見初はゆっくりと瞼《まぶた》を開き、異変に気付いた。まるで金縛りにあったかのように、全身の身動きが取れないのである。

いや、それだけではない。何故か見初は、自分自身が床に倒れている光景を見ていた。

『わ、私がもう一人いる……⁉』

自分の声も妙にくぐもって聞こえる。

所謂《いわゆる》幽体離脱というものだろうか。困惑していると、見初の体がゆらりと起き上がった。

何やら呆けた表情で、両手を握ったり開いたりを繰り返している。

しかし、次第にその口元には怪しい笑みが浮かんでいった。

「ふふ……うふふふっ！　これで私は晴れて自由の身でございまする！」

『お、おめでとうございます』

とりあえず見初は、大喜びしている自分へ祝福の言葉を送った。

「ありがとうございます。あなた様のおかげで、私はようやく外に出ることが叶いました」

『私の？　どういうことですか？』

「まあ、お気付きになりませんの？」

あら、何のことですの？　ときょとんとしていると、もう一人の見初に両手でひょいと持ち上げられて、窓際へ連れて行かれる。

「どうぞご覧くださいませ。これがあなたの今のお姿でございます」

窓に映っているもの。それはたおやかに微笑む見初と、その手に抱えられている女雛だった。

『ぎゃあああああっ⁉』

この状況を理解した見初は絶叫した。

『ちょっと待った⁉　何で私、人形になってんの⁉』

「半分当たりで半分外れでございます。私とあなた様の魂を入れ替えさせていただきました」

『い、入れ替え……⁉　ということは、あなたまさか……っ』

「ああ、申し遅れてしまいました。私は梅姫と申しまする。長らくその人形に閉じ込められておりました」

もう一人の見初、いや梅姫はにんまりとほくそ笑みながら自己紹介をした。

『元に戻してください！　一刻も早く！』

「人間の体に戻りたいのでございますか？」

『当たり前でしょうが‼』

見初がそう強く訴えると、梅姫の顔から笑みが消えた。

「お断りいたします。私はようやく自由に動ける体を手に入れたのです。二度と人形に戻るつもりはございませぬ」

『手に入れたって、それ私の体じゃないですか！』

「まあ、そう仰らずに。このお体は私が大切に使わせていただきますので。それでは失礼いたしまする！」

『待たんかい、コラァ！』

立ち雛をミニ屏風に立てかけ、ホールから走り去っていく梅姫。

『えらいこっちゃ……』

一人取り残された見初は、この最悪過ぎる状況に呆然としていた。

するると、真横から気の抜けるような声が聞こえてきた。

『姫、そんなに騒いでどうしたのじゃ？　お前らしくないぞ』

『そ、その声……もしかしてあなたは、男雛さんですか⁉　あなたも私と同じように、人形に魂を閉じ込められてしまったんじゃ……！』

『人形？　魂？　何を言うておるのじゃ。そんなことよりも、今日はいい天気だと思わぬか？　はっはっは！』

残念ながらこのバカ殿からは、何も聞き出せそうになかった。

◆　◆　◆

翌朝、見初の体を乗っ取ったことにより、見初の記憶をも引き継いだ梅姫は、難なく仕事をこなしていた。

「いらっしゃいませ。ホテル櫻葉《さくらば》にようこそおいでくださいました」

「は、はい。お世話になります」

恭《うやうや》しく頭を下げるベルガールに、若い男性客が頬を赤らめて会釈する。そのワンシーンを見た冬緒は眉《まゆ》を寄せた。

「それでは、お部屋までご案内いたします。お荷物をお預かりしてもよろしいですか？」

「いえ！　結構重いんです。部屋まで連れて行ってくれれば……」

「……そういうことでしたら、私がお荷物をお持ちいたします。お部屋への案内もお任せください」

冬緒が二人の間に割って入り、愛想笑いを浮かべながら告げる。男性客があからさまに落胆の色を見せるが、ここは譲れない。同僚、しかも可愛い恋人と、鼻の下を伸ばしている男を二人きりにさせるのはいささか不安だ。

「冬《ふゆ》ちゃん……」

永遠子の呆れたような視線に気付かないふりをして、客室へ向かおうとする。その際、ちらりと見初へ視線を向けた。

「行ってらっしゃい、冬緒さん」

「あ、ああ」

優しく微笑みかけられて、ドキリと胸が高鳴る。渋い表情の男性客を客室まで送り届けた後、冬緒は胸に手を当てながら深い溜め息をついた。

どうしよう。見初がとっても可愛い。

いや可愛いのは以前からなのだが、違う種類の可愛さなのだ。上品で、おしとやかで、守ってあげたくなるような。永遠子も「見初ちゃん、何だか急に大人っぽくなったわね……」としみじみとした口調で呟いていた。

見初の変化はそれだけではない。心なしか、冬緒に対するスキンシップが多くなった。

「はい、冬緒さん。あーんしてください」

たとえば食事の最中、このように食べさせようとしてくるのだ。他の従業員たちの視線を気にする様子はない。

「えっ、あの、見初……こういうのは、二人きりの時にするものじゃないか……？」

「……ダメですか？」

「ダメじゃない！」

居たたまれなさよりも、愛の深さの勝利である。冬緒は即答して、口を大きく開いた。

「ふふっ。美味しいですか、冬緒さん？」

「お、おいひぃです……」

突如バカップルに変貌を遂げた彼らに、ざわつく従業員たち。

そして仲睦まじい恋人たちの様子を見て、怒りに震える者が一人。

『許すまじ……許すまじぃ……！』

梅姫に自分の体を奪われた見初である。

立ち雛に魂を閉じ込められて早数日。この間ずっと、恋人が他の女とイチャつく光景を見せ付けられているのだ。とても平常心ではいられなかった。

『第一、どうして冬緒さんも気付かないんだか……あんなにデレッデレな顔をしおってからに……！』

『あの二人お似合いじゃのぅ～。はっはっは！』

『キィイィッ！』

そして事あるごとに、バカが話しかけてくる。そのおかげで寂しさを感じることはないが、こういう時は煽られている気がして腹が立つ。

『……落ち着け落ち着け、見初。今は元に戻る方法を考えないと』

自分にそう言い聞かせて、どうにか頭を冷やそうとする。このままでは一生立ち雛のままだ。

そして雛祭りのシーズンが過ぎたらあの木箱に片付けられ、押入れの片隅に追いやられ……そこまで考えて見初はゾッとした。

せめて、誰かが気付いてくれたら。

『冬緒さんは……ダメだ、当てにならん。あとは永遠子さんとか……』

そこで見初は言葉を止めた。そして、どこか虚《うつ》ろな声で呟く。

『あれ……とわこさんって誰だろう？　というか、私は……』

『む？　どうしたのじゃ、姫？』

『あの……男雛さん。私って誰でしたっけ？』

『何を申しておるのじゃ。姫は姫であろう？』

『そうですよね……ふふふ。妙なことを聞いて申し訳ございませぬ、お殿様……』

どうして先ほどまであんなに焦っていたのだろう。見初……いや、女雛は穏やかに微笑んだ。

「白玉、もうそろそろ寝ましょうか」

「ぷぅっ！」

「こーら。あなたの寝床はこちらでしょう？」

見初は困ったように言うと、ベッドに飛び移った白玉を抱き上げて、部屋の隅に置かれた小さな檻《おり》の中に入れようとした。しかし白玉は手足をじたばたさせて、必死に抵抗する。

「ぷぅっ！　ぷぅ〜〜っ！」

「ど、どうしたの、白玉？　ふかふかのベッドも用意してあげたのに……」

「ぷぅぅぅっ！」

白玉は見初の手から抜け出して床に着地すると、後ろ脚で床を強く踏み鳴らした。

ここのところ、見初の様子がおかしい。白玉をペット扱いするようになったのである。

突然飼育ケージを買ってきて、就寝の時間になるとその中に押し込めるのだ。いつも見初と一緒にベッドで仲良く眠っていたというのに。見初曰く、「今までほったらかしにしていてごめんなさいね。飼い主失格ね」とのことだが、冗談じゃない。

「ぷぅぅ……っ」

「ああっ、どうしてそんなに毛を逆立てるの？　私はあなたのためを思って……」

と、ドアをコンコンとノックする音が見初の声を遮《さえぎ》る。

訪問者は永遠子だった。苺を数個載せた小皿を持っている。農家を営む常連客におすそ分けしてもらったらしい。

「はい、これは見初ちゃんの分」

「ありがとうございます、永遠子さん」

「白玉ちゃんと一緒に食べてね。それじゃあ、おやすみなさい」

永遠子はそう挨拶して帰って行った。

「ぷぅっ！　ぷぅっ！」

美味いものでも食べないとやってられん。白玉は真っ赤に色づいた苺を見て、見初の足下をぐるぐると回った。

ところが、

「永遠子さんはああ言っていたけれど……兎に人間の食べ物を与えちゃダメよね」

「ぷ？」

あぁん？　白玉は目を丸くした。

「白玉にはこれをあげるわね」

見初がそう言ってキャビネットから取り出したのは、うさぎのペレットだった。

「ぷ……ぷ……」

いつもだったら、少しだけ食べさせてくれるのに。白玉は眉間に皺を寄せ、体を小刻みに震わせた。

「いただきまーす。んぅ～、甘酸っぱくて美味しゅうございまする！」

そして満面の笑みを浮かべながら、大粒の苺を頬張る見初。

長らく苦楽を共にしてきた相棒に対して、この仕打ち。もう我慢ならない。

「ぷぅぅぅっ‼」

「し、白玉⁉」

白玉はドアノブに飛びつき、前脚で器用に回転させると部屋から飛び出した。

こうなったら厨房に置いてある人参を盗み食いしてやる。今夜の白玉は極悪兎だ。

「ぷぅぅ……」

鼻息を荒くしながらホールに足を踏み入れる。明かりが消えていて静かな闇に包まれていた。匂いを辿って、人参の在処《ありか》を突き止めようとした時、

「……ぷぅ？」

この気配は。白玉は後ろ脚で立ち上がり、ホールを見渡した。あの変な見た目の人形、それも四角い形をしたほうから。

「ぷ、ぷぅ……？」

恐る恐る人形に呼びかけてみる。

『……むにゃむにゃ。あら？　小さな兎さんがおりますわ。可愛いわねぇ、うふふ……』

眠りから覚めた女雛は白玉に気付くと、うっとりとした口調で言った。

その声が白玉に届くことはない。けれど、先ほどよりも強くなったこの懐かしい気配は。

長い耳がピクリと揺れた。

この中に見初がいる。

「ぷぅっ！　ぷぅぅぅっ‼」

人形に向かって懸命に鳴き続けていると、突然ホールが明るくなった。

「こーら。こんなところで何してるんだよ。見初が探してたぞ？」

冬緒が白玉の小さな体を抱き上げる。

「ぷっ⁉　ぷぅぅっ！」

人の話を聞いてよ！　必死の抵抗も虚《むな》しく、白玉は部屋へ連れ戻されてしまった。

「はい。もう逃げたりしてはいけませんよ」

「………………」

カチャン。白玉は飼育ケージの中で、見初の偽者を睨み付けた。

必ずや、その化けの皮を剥いでやる。

「ぷぅ！　ぷぅぷぅぷぷぅっ！」

その翌朝、白玉は女雛と見初が入れ替わっていることを、風来と雷訪《らいほう》に説明した。しかし、二匹はまともに取り合おうとしなかった。

「見初姐さんが偽者～？　そんなわけないじゃん」

「白玉様の考え過ぎでは？」

「ぷぅ……」

この獣どもでは話にならない。白玉は溜め息をついて、見初（偽）と食事中の冬緒へ視線を向けた。

「あら。冬緒さん、ここに寝癖がついていますよ」

「え？　どこだ？」

「私が直してあげますね」

「あ、ありがとう……」

寝癖を手ぐしで直されて、すっかりデレデレな様子である。ダメだ、あの男も使い物にならない。

ホールからとぼとぼと去って行く仔兎の後ろ姿を見送りながら、梅姫は内心ほっと安堵《あんど》していた。

どうやら自分の正体に感づいているようだが、誰にも信じてもらえないようだ。けれど、もっと上質な寝床や餌を与えて手懐けたほうがいいかもしれない。

あの窮屈な人形の中から、やっと出られたのだ。これからは時町《ときまち》見初として、新たな人生を生きていく。そう強く決心して、本日も業務に励む。

するとと、突然下腿に何かがぶつかってきた。驚いて振り返ると、五、六歳の子供が困った顔で固まっていた。ロビーを走り回っていたのだろう。母親が慌てて駆け寄って来る。

「どうもすみませんでした。ほら、お姉さんに謝りなさい」

「ご、ごめんなさい、おねえさん……」

母親に促されて、子供がぺこりと頭を下げる。

「……いいえ。お気になさらないでください」

梅姫は優しく微笑み、子供の頭を撫でた。そして、その場から離れていく二人を見詰めながら、ぽつりと呟く。

「お鶴……冬千代《ふゆちよ》……琴丸《ことまる》……」

脳裏に蘇ったのは、かつて愛した我が子たちだった。

◆　◆　◆

緋菊《あかぎく》が土産を持参してホテル櫻葉を訪れたのは、白玉脱走事件の数日後だった。

「よお、鈴娘。お前の好きそうなもんを買って来てやったぞ」

「わぁっ、ありがとうございます！」

包みに入った平箱を見て、見初が嬉しそうに礼を言う。すると緋菊の眉がぴくりと動いた。

「どうしたんだ、こいつ」

「どうしたって……見初がどうかしましたか？　確かに最近、ちょっと大人っぽくなったと思いますけど」

「あーはいはい」

頬を掻きながら照れ臭そうにしている冬緒をあしらって、見初に向き直る。一瞬、動揺したように目を泳がせたのを、緋菊は見逃さなかった。

「まあ、歳の割にガキ臭いところがあったからな。今のほうがいいと思うぜ」

上手く話を合わせておく。そして永遠子からルームキーを渡され、客室へと向かう。

「……ぷぅ、ぷぷぅ」

その鳴き声に後ろを振り返ると、白玉がやや離れたところからちょいちょいと手招きをしていた。

「おっ？　俺に何か用か？」

「ぷぅ……ぷぅ……」

ついて来い、と前脚で裾を引っ張ってくる。部屋でのんびりくつろぐのは、もう少し後になりそうだ。

白玉に促されてやって来たのは、寮のホールだった。

「あん？　こんなところに何があるんだよ？」

「ぷぅっ！」

緋菊の質問を無視して、白玉は人形が飾られている場所へとまっすぐ駆けて行った。緋菊もその後を追い、その人形をまじまじと見詰める。立ち雛だ。それも現代風にアレンジしたものではなく、簡素な作りをした昔のタイプである。

「へぇ。今時珍し……いや、待て」

緋菊は女雛を手に取ると、訝《いぶか》しげに目を細めた。

「……鈴娘か？」

「ぷぅっ！」

その通り！　と白玉が大きく鳴いた。

「おい、鈴娘。聞こえるか？　おーい」

女雛に向かって呼びかけると、聞き慣れた声が古びた人形から微かに聞こえてきた。

『……あらまあ、素敵な殿方でございますね。いかがなされましたか？』

「どうしたんだ、お前？　それに、お前の姿をしているアレは何だ？」

『うふふ。もうすぐ春の季節でございまするぅ……』

自分が何者であるのかすっかり忘れてしまっているようで、話がまったく通じない。緋菊は少し考え込み、立ち雛を元の位置に戻すと、おもむろに菓子箱の包みを開け始めた。中に入っていたのは、色鮮やかな見た目の菓子だった。

大正元年、出雲市斐川《ひかわ》町で創業した老舗《しにせ》菓子店『菓子処つやま屋』が展開する『いづも寒天工房』。

その店の名物『雪ふわり』だ。メレンゲ入りの真っ白な寒天の中に、カラフルな寒天ゼリーがちりばめられている。

緋菊は黄緑色のメロン味を選ぶと、女雛の目の前で食べ始めた。

「んー、いい食感だ。甘さもちょうどいい。こりゃいくつでも食えそうだな」

「ぷ、ぷぅ……？」

白玉が目をぱちくりさせている。

『あら……何か菓子のようなものを召し上がっておいでですわね……美味しそうでございまするぅ～』

早速食いついてきた。緋菊の目が鋭く光る。

「次は……そうだな、これにするか。ほーら、美味そうだろ～？」

『あらあら。何とお優しい……早《はよ》う口の中へ……』

わざとらしく苺味を立ち雛の顔へ近づけると、嬉しそうな声が上がった。

だがしかし、緋菊は邪悪な笑みを浮かべると、「断る」と寒天菓子を自分の口に運んだ。

『あっ』

「こいつはお前にはやらねぇよ。っていうか、そんな体じゃ菓子なんて食えねぇじゃねぇか。あ～、美味い美味い」

『お、お菓子……美味しそうな、お菓子……』

絶望に打ちひしがれる立ち雛に見せつけるように、黙々と食べ進めていく。

「ぷぅぅぅっ！」

呑気に菓子を食ってる場合か！　激昂《げっこう》した白玉が緋菊に飛びかかろうとした時だった。

『おんどりゃあああっ！　私にもそれを食わせろぉ‼　……って、あれ？』

立ち雛、いや見初は怒号を上げ、はたと我に返った。

梅姫に体を乗っ取られたところまでは覚えている。けれど、いつの間にか思考があやふやになり、何故か自分のことを女雛だと思い込んでいたのだ。

そして……

「よし、自我を取り戻せたようで何よりだ。自分の名前をフルネームで言ってみろ」

思い出した。この天狗が目の前で菓子を独り占めしようとするのを見て、怒りが湧き上がったのだ。

『時町、見初……』

見初が確かめるようにゆっくりと言うと、緋菊は満足げに頷いた。

『緋菊さん……私の声が聞こえるんですか⁉』

「よーく耳を澄ませれば何とかかな」

緋菊がニヤリと笑って答える。と、その様子を眺めていた白玉が人形が飾られている台座に飛び乗り、女雛に頬をすり寄せてきた。

「ぷぅっ！」

『白玉……！』

「こいつが私をここまで連れてきてくれたんだよ」

緋菊がそう言いながら、ふわふわの白い毛並みを撫でる。

『うえーん、ありがとう～～！』

「ぷぅ～！」

やはり持つべきは最高の相棒。見初と白玉は改めて互いの絆を深めた。

「……で、元々人形の中にいた奴が、今お前の振りをしているんだな？」

閑話休題、緋菊が見初に確認を取る。

『は、はい。何日か前の夜、ホールから助けてって声が聞こえてきたんです。それで様子を見に来たら、女雛と目を合わせるようにお願いされて。そしたら女雛の目が赤く光って

『……』

「そこで中身が入れ替わったってわけだな。やはりそうか」

緋菊は腕を組みながら、合点《がてん》がいったように頷いた。

『やはりって……緋菊さんも気付いていたんですか？』

「お前からはひととせと同じ気配がするんだよ。触覚の能力を宿しているからだろうな。だが、ロビーであいつと顔を合わせた時、何も感じ取れなかった。それから、もう一つ」

『もう一つ？』

「あいつに菓子箱を見せた時、中身が何なのか聞いてこなかったんだよ。食い意地の張ってる鈴娘にしちゃあ珍しいと思ったんだ」

『………』

見初は何も言い返せなかった。

「それよりこの人形のことだ。どうしてこんなもんを飾ってるんだ？」

『ご近所の方からいただいた物なんです。ずっと蔵の中にしまっていたらしくて……』

見初が簡単に説明すると、緋菊は軽く鼻を鳴らした。

「マジかよ。よくもまあ、こんな厄介ものを押し付けてきたもんだ」

『緋菊さん、この人形について何か知っているんですか？』

「そいつはただの立ち雛じゃない。呪具の一種だ」

呪具。聞き慣れない言葉に、見初は『はぁ』と気の抜けた声を出した。

「分かりやすく言うと、古い時代から存在する呪いのアイテムだ。人形には意思が宿っていて、波長が近い者が目を合わせると、たちまち魂を引きずり出されて中身が入れ替わっちまう。そして人形の中に閉じ込められた魂は、自由な体を求めて波長の合う人間を探す……それを延々と繰り返すんだ」

淡々と語る緋菊に、見初は顔を引き攣らせた。人形なので、見た目に変化はないが。

「鈴娘、お前さっきまで自分が女雛だと思い込んでいただろ？」

『はい！　何か頭がぽやーんとしちゃって……』

「そう。人形の中に留まり続けると、次第に意識が混濁してきて自分が何者か思い出せなくなっちまうんだ」

『ということは……このままだと私、また自分のことを忘れちゃうってことですか⁉　そんなの絶対に嫌ですよ！　助けてください、緋菊さんっ！』

緋菊ならきっといい方法を思いついてくれるはず。

そう信じて頼み込む見初だったが、

「うーん……どうするかなぁ……」

何故か緋菊は目を瞑って、唸《うな》り始めた。

『あの……何ですか、その面倒くさそうな顔は……』

「はぁぁ～、めんどくせぇ～」

『!?』

気だるそうに溜め息をつく緋菊に、見初は愕然《がくぜん》とした。

「元に戻る方法なんて、そんなの一つしかねぇよ。だが、それもあの偽者次第だ。いくら元に戻せって詰め寄っても、応じちゃくれないだろうさ」

『そんなこと言わないでお願いします！　今度ご飯奢ってあげますから！』

ホールから出て行こうとする緋菊を何とか引き留めようとする。しかし天狗は、くるりと振り返って言い放つ。

「ちょっと面白そうだし、様子見ということで」

『待て薄情者――――っ‼』

見初の叫びを無視して、緋菊は手をひらひらと振りながら去って行った。

絶望再び。見初が呆然としていると、もふもふしたものが顔に触れてきた。白玉の小さな前脚だ。

「ぷぅぅ……」

『ううっ。私が信じられるのは白玉だけだよ……』

頼みの綱に見捨てられ、二人で悲しみに暮れている時だった。

「あっ。人形を叩いちゃダメだぞ、白玉！」

ホールに入ってきた冬緒が白玉をひょいと抱き上げる。

「ぷぅぅぅっ！」

『やめて冬緒さん！　白玉を連れて行かないで！』

「この人形……やっぱり少し怖いよな。別の人形を飾るようにって永遠子さんに相談してみるか……？」

「ぷぁーーっ⁉」

『やめてーーっ‼』

冬緒が恐ろしい計画を呟きながらホールを後にする。

『はっはっは！　今日の姫はいつもよりも元気じゃのぅ！』

『うっさい、バカ殿‼』

時町見初、絶体絶命の大ピンチ。

◆　◆　◆

その夜、冬緒は永遠子の部屋に招かれていた。室内に入ると、煎餅《せんべい》をかじっている風来と雷訪の姿もあった。

永遠子は何やら硬い表情をしている。訪問ついでに立ち雛のことを相談するつもりだったが、それどころではなさそうだ。

「見初ちゃん……この頃、様子がおかしくない？」

冬緒にアイスティーを差し出しながら、永遠子が口火を切った。

「おかしいって……そりゃ最近の見初は色んな意味で大人だなぁって思うけど」

以前よりも積極的になった恋人を思い返し、冬緒の頬が赤く染まった。

そんな色ぼけ青年に、永遠子は神妙な顔つきで根拠を述べる。

「それにしても急に変わり過ぎよ。ごはんだって全然おかわりしなくなったじゃない。コンビニに夜食を買いに行くこともなくなったみたいだし……」

「…………」

永遠子の言うことには一理ある。冬緒は顎に手を当てながら暫《しば》く考え込み、おもむろに口を開いた。

「……そういえば今日、緋菊さんが見初を見て不思議そうにしていたな。もしかしたら何か知っているのかもしれない」

「後で話を聞いてみましょう。風ちゃんと雷ちゃんはどう思う？」

永遠子が二匹へ意見を求める。

しかし彼らは、何故か気まずそうに目を泳がせていた。煎餅を食べる手も止まっている。

「……どうしたんだ、お前ら？」

「えーと……こないだ白玉様が言ってたんだよね……」

「何をだよ」

「ホールに飾られている立ち雛と見初様の中身が入れ替わっていると……」

ぼそぼそと語る二匹に、冬緒と永遠子は目を大きく見開いた。

「そうか。だから白玉は……！」

立ち雛の側で必死に鳴いていた仔兎の姿が、冬緒の脳裏に蘇る。二度も白玉のSOSを聞き逃してしまったことに気付き、歯噛みをする。

「ちっ。てめぇらも気付きやがったか。つまんねぇな」

背後からの声に冬緒が振り返ると、拗《す》ねた表情の緋菊が胡座《あぐら》をかいていた。

「不法侵入だ！　勝手に人の部屋に入っちゃいけないんだぞ！」

「そうですぞ！　人間社会のルールをきちんとお守りなさい！」

「うるせぇぞ、獣ども。俺は歩く治外法権だ」

抗議する風来と雷訪にしれっと言い返し、緋菊は我が物顔でテーブルの上の煎餅を手に取った。

「緋菊さん、見初ちゃんのこと気付いてたのね。どうして教えてくれなかったの？」

永遠子が呆れたような口調で尋ねる。すると緋菊からは「楽しそうだからに決まってんだろ」と正直な答えが返ってきた。彼らしい答えに、冬緒の眉間に皺が寄る。

「あんたな！　見初が大変な目に遭《あ》ってるのに、何言ってて……」

「とか言って、偽者の鈴娘に首ったけだったんじゃね？　何となく想像がつくわ」

「うっ……」

冬緒はぐうの音も出せず、膝を抱えてしまった。風来と雷訪がその背中を優しく撫でる。

「こうしちゃいられないわ！　早く見初ちゃんを元に戻さないと……！」

傷心の冬緒に構うことなく、永遠子は至急見初の部屋へと向かった。

ところが、いくらノックしても返事がない。

「おかしいわね。まだ寝る時間じゃないのに……」

試しに取っ手を回してみると、ドアがゆっくりと開いた。そっと中を覗き込んだ永遠子の目に、見慣れないペット用のケージが映る。

「ぷぅっ！　ぷぅっ！」

その中に閉じ込められた白玉が、何とか脱走しようと暴れていた。

そして、見初の姿が見当たらない。

「白玉ちゃん⁉」

「ぷっ⁉　ぷぅ～っ！」

慌てて部屋に飛び込んだ永遠子に気付き、「おーい！」と前脚を左右に振っている。

「どうしてそんなところに入って……ううん、それより見初ちゃんの偽者はどこに行ったの⁉」

「ぷぅ……」

行き先を告げずに出て行ったのだろう。力なく首を横に振る白玉に、永遠子は胸騒ぎを覚える。

「まずい。先に人形を回収しておけばよかったわ……！」

もしかすると、見初に危険が迫っているかもしれない。

『うっ、うぅっ。助けて、白玉……』

その頃、見初は啜り泣きながら相棒に助けを求めていた。すると隣から朗らかな声が聞こえてくる。

『白玉とはあのちっこい兎のことか？　丸々太っておって美味そうじゃったのぅ』

『キィィイッ！』

この男雛は人を怒らせる天才なのだろうか。見初が鋭い金切り声を上げていると、カツンと誰かの足音が聞こえた。

ひょっとしたら白玉が誰かを連れてきてくれた？　見初は一瞬淡い期待を抱いたものの、それはあっさりと裏切られた。

『ひっ……！』

立ち雛の目の前に立ったのは、見初の体を奪った梅姫だったのだ。しかも、何かを覚悟したような思い詰めた表情をしている。

まさか証拠隠滅を図るために、人形を処分するつもりなのでは。見初が怯えていると、梅姫は女雛を手に取った。

そして、

「……ごめんなさい」

掠《かす》れた声でぽつりと呟き、目を見開きながら女雛に顔を近づける。途端、梅姫の目が赤く発光した。

『うわ……っ！』

どこかから無理矢理引きずり出されたかと思ったら、ぎゅむっと押し込まれるような感覚。

すると、目を瞑ってその感覚に耐えていた見初は、恐る恐る瞼を開く。

今まで自分が入っていた立ち雛を握り締めて立ち尽くしていた。

「……へ？」

覚束《おぼつか》ない足取りで窓へ近づいていくと、ぽかんと口を開けた見初が映っていた。ゆっくりとピースサインをしてみると、窓の中の自分も同じ動作をする。

……ということは、

「も、戻ったぁぁぁっ‼」

歓喜の叫びがホールに響き渡る。そこへ白玉を抱き上げた永遠子が駆け込んできた。

「あなた……もしかして本物の見初ちゃんなの⁉」

「うぇーん、永遠子さーん！」

見初は永遠子に勢いよく抱きついた。久しぶりに感じる人の温もりに涙が溢れる。

「ぷーぅっ！」

「白玉ーっ！　私、元に戻れたよ！」

小さな相棒を抱き締めてわんわんと泣いていると、慌ただしく冬緒がホールへやって来た。

「見初……見初なんだな⁉」

「シャアッ！」

駆け寄ろうとすると見初に犬歯をむき出しにして威嚇され、「ヒャッ」と情けない声を上げながら後ずさりをする。

「ど、どうして……？」

「黙らっしゃい、この浮気者‼」

「あぐっ」

見初の言葉に反論できず、冬緒はまたしても床で膝を抱えてしまった。

「ん？　もう戻っちまったのかよ。意外と早かったな」

「ぶぅっ！」

ひょっこりと姿を現した緋菊は、襲いかかってきた白玉を難なく避け、見初が握り締めたままの人形を覗き込んだ。

「おい、ボロ人形め。鈴娘に体を返すたぁどういう風の吹き回しだ？」

その問いかけの後、見初の頭の中に聞き覚えのある声が響いた。

『……この度は大変申し訳ありませんでした』

「あっ！　人形から声が聞こえます！」

ぎょっと驚く見初に、「入れ替わっていた影響で、意思疎通が出来るみたいだな」と緋菊が言う。そして少し間を置いて、梅姫を問いただす。

「テメェ、いつの人間だ？　鈴娘の体に入っている間に、自分が生きた時代は調べていただろ？」

『……はい。恐らく私は、安土桃山と呼ばれている頃の人間でございまする』

見初が梅姫の言葉を代弁する。

『とある城主に嫁ぎ、三人の子供を儲けて幸せな日々を送っておりました』

梅姫は自らの過去をとうとうと語っていく。

『その日はちょうど桃の節句でございました。厄を祓うため、家臣が取り寄せた人形を居間に飾ったのです。ですが夫と二人きりでそれらを眺めておりました時、突如人形の目が赤く光りました。その途端、私たちの魂は人形の中に囚われてしまったのです。……そしてその直後、私たちの城は敵襲を受けました』

そこで梅姫の声が微かに震えたことに、見初は気付いた。

『そこから先は、あっという間でございます。戦うことの出来ぬ者たちは皆、居間で身を寄せ合っておりましたが、すぐに見付かり一人残らず斬り殺されました。……私と夫の体を奪った者たちも。そして最後には火を放たれ、城は焼け崩れたのです。物言わぬ人形となった私たちも運命を共にするはずでした。……ですが奇跡的に壊れず、取り残されてしまいました』

洟《はな》を啜る音が聞こえ、見初の胸はぎゅっと締め付けられる。

『その後は木箱に収められ、長い間眠りに就いておりました。そして此度、ようやく目覚めることが出来たのです』

最後にそう締めくくると、ホールは深い静寂に包み込まれた。

「あの……」

見初が視線を彷徨《さまよ》わせながら、重い口を開く。

「梅姫様はどうして私に体を返してくれたんですか……？」

梅姫にとってようやく手に入れた体なのだ。あのまま見初になりきって、生き続けることも出来ただろうに。

梅姫はすぐに答えようとせずに、暫《しば》しの沈黙の後、小さな声で一言。

『……幼子』

「え？」

『見初様の振りをしている際に、幼子と出会いました。その時に思い出したのでございます。私には大切な我が子たちがいたことを……』

ぽかぽかと春のように温かく柔らかい、母の声だった。

『あの子たちが目の前で殺されるのをただ見ていることしか出来なかった……壁になることも身代わりになることもできないとは何と情けないことでしょう。あの時私は、守ることの出来なかった我が子の亡骸《なきがら》を見詰め、悲嘆に暮れておりました。そして、せめて一緒に……と願いました。どうしてこのような大事なことを忘れていたのでしょう』

梅姫の心情を思うとあまりにも哀れで、見初が思わず頭を撫でると、

『見初様。どうか私を、この立ち雛を燃やしてくださいませんか？』

「だけど、そんなことをしたら梅姫様は……」

『子供たちの下へ行きたいのです。……きっと、あの方もそう思っておりますでしょう。お願いいたしまする』

あの方とは、男雛のことだろう。梅姫の声に迷いはなく、どこか晴れ晴れとしていた。

見初が少し迷ってから頷くと、「ありがとうございます」と嬉しそうに礼を言う。

「……そうと決まれば、早速お焚き上げの手配をしましょうか」

梅姫の傷ましい過去に目を潤ませていた永遠子が、見初たちに呼びかける。

すると梅姫が『そのことですが……』と遠慮がちに言う。

『出来ることなら……子供たちが亡くなった日に焼いていただきたいのです』

その要望通り、お焚き上げ供養は雛祭りに執り行われることになった。

◆　◆　◆

そして当日。緋菊は菓子箱を持って、ホテル櫻葉を訪れた。

「おや、緋菊様。こんにちは」

この日は例年よりも気温が高く、エントランスで日なたぼっこをしていた雷訪が挨拶をする。片手を上げた緋菊は返事をしようとして、あることに気付く。

「お？　ぽんぽこは一緒じゃねぇのか？」

「風来なら裏山にでも行ったのでしょう。近頃何が楽しいのか、やたらと走り回っているのです」

「ただの獣になっちまったのかもな。ま、んなことより立ち雛は？」

「もう少ししたら近くの神社に持って行くとのことですぞ。……緋菊様も梅姫様のことを気にかけていらっしゃるのですね」

「そりゃあな。乗りかかった船だ、最後まで見届けさせてもらうよ。おら、雛あられを買ってきてやったから後で食おうぜ」

「ややっ、本当ですかな？　では、ありがたく……」

雷訪がそう言いかけた時、突如茶色い毛玉が緋菊目掛けて突進してきた。

そして菓子箱を強奪すると、そのまま走り去っていく。

一瞬の出来事に、緋菊と雷訪は呆然としていた。

「……あいつ、山に放したほうがいいんじゃねぇの？」

「そうですな……」

相棒の奇行を目の当たりにし、雷訪はがっくりと肩を落とした。


その頃、寮のホールでは見初が立ち雛二体を木箱にしまおうとしていた。

「それじゃあ、梅姫様。そろそろ行きますか？」

『はい……よろしくお願いいたします』

恭しい返事を聞き、まずは女雛を手に取ろうとする。

『……ん？』

しかし梅姫が何やら訝しげに唸った。

「梅姫様？　どうしました？」

『いえ、あの……ちょ、光真様？』

光真とは男雛の中に入っている、梅姫の夫だ。何があったのかと、見初が見守っていると、

『お、お待ちください、見初様。夫の様子が少しおかしいのです！』

「おかしい？」

『バカなことばかり仰っております』

長年共にいた夫の異変に、梅姫が困惑したように言う。

「……いつものことじゃないですか？」

失礼を承知で見初は尋ねた。光真のバカ殿ぶりは、見初も嫌というほど知っている。

しかし梅姫は『まあ、そうでございますが……』と答えつつ、どうにか違和感を言語化しようとしていた。

『バカなことに変わりはないのですが……ええと、どのように表現すればよいのでしょう。バカはバカでも、種類が違うバカと申しますか……』

「例えばどんな風に？」

『妙ちきりんな歌を歌っておりまする。ぽんぽこぽーん、ぽんぽこぽーんと』

「えっ……」

――ぽんぽんぽこぽーん、ぽんぽんぽこぽーん。オイラはさすらいの～、クールな狸さ。

見初の脳内で、ヘンテコな狸ソングが再生された。

「あわわわわ」

『見初様？』

「大変です、梅姫様！　風来と旦那様の中身が入れ替わってます！」

『ふ、風来様とはどなたでございますか？』

「うちで働いている狸です！」

『狸⁉』

衝撃の事実に、梅姫が素頓狂《すっとんきょう》な声を上げる。

えらいこっちゃ。見初は男雛を大きく揺さぶった。

「風来、風来！　私の声が聞こえる⁉」

『はっはっは、元気そうな娘じゃのぅ、と仰っております』

「と、殿になりかけてるっ！　違うよ、思い出して！　風来は狸の妖怪だよ⁉」

『狸か、鍋にしたら美味そうじゃ！　と仰っております……』

「そんなことをしたら共食いになっちゃうよ！」

とりあえず、風来の中に入っている光真を捕まえなければ。見初がホールを飛び出そうとすると、ちょうど緋菊と共に雷訪がやって来た。

「雷訪！　風来はどこに行ったの⁉」

「そ、それが私にも分からないのです。緋菊様のお菓子を奪って、どこかに逃げていきました……」

　なんてこったい。

　見初が事情を説明すると、戸惑いの表情を浮かべていた雷訪は「んなっ⁉」と飛び跳ねた。

「これは大変なことになりましたぞ……！」

「つーかよ。なんで狐と女雛も、入れ替わってることに気付かねぇんだよ。いつもいっしょにいんだろ？」

　緋菊の疑問はもっともだった。

「どちらもバカ過ぎて、これっぽっちも気付きませんでしたぞ……」

『面目ありませぬ……』

　雷訪と梅姫を責めても仕方がない。今は風来の体を奪った光真を探すのが先決だ。

「ですが、どこに行ってしまったのか皆目見当もつきませんな」

「……中身が人間でも、あんだけすばしっこいんだ。まあ……自然の中でも逞《たくま》しく生きていけんじゃね？」

　早々に探すことを諦めた緋菊が放った言葉に、梅姫が吠《ほ》える。

『そのような無責任なことを仰らないでくださいまし！　あんなバカ殿、冬眠明けの熊にでも食べられて終わりでございますっ！』

「そ、そうですよね。まずは裏山を探してみましょう」

その迫力に気圧《けお》されながら見初がそう提案すると、梅姫は少し考え込んでから『いいえ』と答えた。

『……光真様がどちらに行かれたのか、一つ心当たりがございます』

◆　◆　◆

光真は菓子箱を載せて出雲の地を疾走していた。

「ふぅ、ふぅ……」

はてさて自分の身に一体何が起こったのだろう。気が付くと、見知らぬ場所で立ち尽くしていたのだ。不思議なことに、それまでの記憶も綺麗さっぱり抜け落ちていた。

だが、今まで感じたことのないような謎の解放感がある。体を動かすのが楽しくて仕方がなくて、延々と駆け回っていると、ふと思い出した。

（本日は桃の節句ではないか！）

こんなことをしている場合ではない。若い男から菓子箱を頂戴して、慌てて走り出す。

暫く見ないうちに、平民たちの暮らす村や町はずいぶんと様変わりしていた。人々は西洋の衣装を着ていて、馬ではなく鉄の塊のようなものが往来している。

だが、光真は道に迷うことなくまっすぐ走り続ける。こっちこっち、とあの子たちが手招きしている気がした。

そして光真が辿り着いたのは、豪奢《ごうしゃ》な造りの城……ではなく、何もない平野だった。薄茶色の枯れ草が風に吹かれて寂しげに揺れている。

「む？　ワシは疲れておるのか？　どこにも城が見当たらぬ」

場所を間違えてしまったのだろうか。しかし、野原の片隅でぽつんと立っている梅の木には見覚えがある。最愛の妻を迎えた時に、彼女の名を持つ木を庭に植えたのだ。

「まあよい。お鶴、冬千代、琴丸、約束通り菓子を用意したぞ！　たんと食え！」

そう呼びかけるが返事はなく、音もなく風が吹くだけだった。

光真はこてんと首を傾げた。

「はて、皆どこに行ってしまったのじゃ？　家臣や侍女たちもおらぬ……おーい、ワシじゃ！　誰か返事をせい！」

周囲を駆け回りながら声を張り上げるが、相変わらず反応はない。

「何故、誰もおらぬのじゃ……？　つい先ほどまで、居間に集まって人形を眺めておったではないか……」

胸の中にじわじわと言いようのない不安が広がっていく。梅の木の下で座り込み、菓子箱をぎゅっと抱き締めている時だった。

「光真様」

突然名前を呼ばれて、はっと顔を跳ね上げる。

そこにいたのは、異国の着物姿の若い娘だった。けれど光真には、姿形は違えど自分の妻だとすぐに分かった。ほっと安堵しながら彼女へ駆け寄っていく。

「おお、梅。ワシは夢を見ておるのか？　どこを探しても誰もおらんのだ」

「いいえ、夢ではございませぬ」

梅姫はどこか悲しそうな笑みを浮かべながら首を横に振った。

「ど、どういうことじゃ？」

「敵襲を受けて、皆殺されてしまいました。城も焼かれ……もう何も残っておりません」

「おかしなことを申すな。そんなことあるわけが……」

そう言いかけて、光真は大きく目を見開いた。

視界が大きくぶれた後、心の奥底に沈んでいた記憶が次々と蘇っていく。

助けを求めて泣き叫ぶ子供たちの悲鳴や、それを慰めようとする侍女の声。

命乞いも叶わず、敵兵に斬り殺されていった者たちの亡骸。

城や亡骸が無残に焼け焦げる臭い。

大切な者たちを救えず、小さな人形の中で慟哭《どうこく》することしか出来なかった自分。

「あ、ああ……」

体から力が抜けて、菓子箱が足元に落ちる。

「……ようやく思い出されたのでございますね」

梅姫は光真の体を抱き上げ、優しく背中を撫でた。

「そうじゃ……皆、ワシの目の前で死んでしまった……」

「はい。そして私と光真様だけが取り残されてしまいました」

その言葉に、光真はゆっくりとかぶりを振った。

「何故じゃ。何故あの時、ワシも死なせてくれなかったのじゃ……お鶴たちの下に連れて行ってくれなかったのじゃ⁉　我が子も、家臣も、城も……何もかも失ったワシに生きる意味などなかろうに……」

やるせない思いが溢れる。

つぶらな両目から大粒の涙を流す夫の体を強く抱き締め、梅姫は声を震わせて言った。

「私も同じ気持ちでございます。ですから参りましょう、光真様。皆の下へ……」

光真は子供のように泣きじゃくりながら、大きく頷いた。

◆　◆　◆

見初の体を借りた梅姫が光真を連れ帰ってきたのは、その日の夕方のことだった。

雷訪たちが固唾《かたず》を呑んで見守る中、目を真っ赤に泣き腫《は》らした光真は男雛の前に立つと、

「どのように元に戻ればよいのか分からん……」

と、困った事態が発生した。再び見初の体を拝借した梅姫が指導にあたる。

「簡単でございまする。目と目を合わせ、こう……ぐるんっと入れ替わるのをご想像なさってくださいい」

「うむ！　……ダ、ダメじゃ、戻らぬ」

「目力が足りませぬ！　さあ、もう一度。光真様はやればば出来る子でござりまする！」

途方に暮れる夫に、妻が両手を叩きながら喝を入れる。その甲斐もあり、光真はどうにか風来と入れ替わることに成功した。

そして二体の立ち雛は早急に神社へ運ばれ、お焚き上げは無事に執り行われた。その際、向こうで子供たちと食べられるようにと、雛あられや菱餅も一緒に焼いてもらって。

夕食後。見初が部屋の窓から星空を眺めていると、二つの白い光が天に旅立っていくのが見えた。

「梅姫様たち、お子さんたちに会えたかな」

「ぷぅ！」

親子の再会を願う見初の言葉に、白玉は元気よく返事をしたのだった。

第二話　白い日傘

蝉時雨《せみしぐれ》が鳴り響く初夏。

少女は陽気に鼻歌を歌いながら、バス停までの道のりを歩いていた。白いレースの日傘が燦々《さんさん》と降り注ぐ日光を遮《さえぎ》り、誕生日に買ってもらった白いワンピースが夏風にふわりと揺れる。

ようやく辿り着いた頃には、少女の額にうっすらと汗が滲んでいた。

他に待ち人はおらず、真新しい立て看板の後ろに一本の木が佇んでいるだけ。先日から新しい路線が開通することになったらしいが、まだまだ利用者は少ないらしい。

「いけない。ちょっと来るのが遅かったみたい」

時刻表を見た少女は、今しがたバスが行ってしまったことを知って肩を落とす。次のバスが来るのは一時間後だった。

仕方がないので、看板の隣に設置されたベンチでのんびりと待つことにした。幸い、ベンチの上には屋根もついている。

「ふぅ……」

ベンチに腰掛け、閉じた日傘を傍らに置く。こんなこともあろうかと鞄に忍ばせていた文庫本を取り出し、少女はページを捲《めく》った。

相変わらず蝉の鳴き声が響いているが、不思議と不快には思わない。そうして数ページほど読み進めた時、一陣の風が吹いた。

「！」

鋭い風切り音と、激しい葉擦れの音。本のページがパラパラと一気に捲れていく。

そして風が止んだ後、蝉は一斉に鳴き止んでいた。

「……どこまで読んだのか、分からなくなっちゃった」

そう呟きながら一から読み直そうとして、少女はふと周囲を見回した。

何かの気配を感じ取ったのだ。姿形は見えなくても、すぐ近くにいる。

「……どなたかいらっしゃるの？」

戸惑いとほんの少しの好奇心で、話しかけてみる。

——私のことが分かるのかい？


少女の呼びかけに応えたのは、透き通るような男の声だった。

◆　◆　◆

小川《おがわ》翠子《みどりこ》は出雲空港を出ると、待機場に停まっていたタクシーに乗り込んだ。

「ごめんなさい、ホテル櫻葉《さくらば》までお願いしてもよろしいかしら？」

そう告げると、初老の運転手は「かしこまりました」と返事をした後、緩やかにタクシーを発車させた。

窓の外の景色に目を向けながら、翠子が口を開く。

「昔と変わらない綺麗な町並みですわね。こうして眺めていると、何だかほっとするわ」

「同感です。うちの息子は何もなくてつまらないと、さっさと上京してしまいましたけど」

「ふふ。それがいいのに」

他愛のない会話に花を咲かせている時だった。タクシーの前方に立て看板とベンチが見えてきて、翠子は少しだけ身を乗り出した。

「ごめんなさい。少しだけあのバス停の側に停めてくださる？」

「いいですよ。この道を走っていると、よくお願いされるんです」

「あら、どうしてですの？」

「ほら、あそこにコンビニがあるんですよ」

そう説明しながら、運転手がバス停の近くに停車する。翠子は「どうもありがとう」と礼を言い、外に降り立つと白い日傘を差した。

ゆっくりとバス停へ近付いていく。立て看板やベンチは改装されて、昔よりも立派な造りになっていた。

そしてバス停の後ろにあった木は切り倒されたのか、代わりにコンビニが建っている。

「…………」

大きく変化してしまった思い出の場所に、翠子は時代の流れを感じた。そのくせ、ほんの少しだけ面影が残っていることに、寂しさが込み上げる。

一分ほどその場に留まった後、翠子は日傘を閉じてタクシーに戻って行った。

「お待たせしました。さあ、行ってください」

「もうよろしいんですか？」

「……ええ」

後部座席へ振り向きながら尋ねる運転手に、少し間を置いてから頷く。

タクシーが再び走り出す。

徐々に遠ざかっていくバス停を、翠子は後ろ髪を引かれるような思いで見詰めていた。


ホテル櫻葉に到着したのは、それから三十分後のことだった。この頃になると日は傾き、鮮やかな茜色の空が広がっている。

宿泊施設を利用したことなんて、数える程度しかない。ちょっとしたテーマパークを訪れたような気分になりながら、ロビーに足を踏み入れる。

「いらっしゃいませ。ホテル櫻葉にお越しいただきありがとうございます」

丁寧にお辞儀をしながら、フロントのスタッフたちが恭《うやうや》しく出迎えてくれる。娘夫婦よりも若いだろうにしっかりしている、と翠子は感心した。

「本日予約していた小川です。ちょっと遅くなってしまってごめんなさいね」

「いいえ、お気になさらないでください。今回は二泊三日のご宿泊でよろしいでしょうか？」

顔立ちのよい女性スタッフが確認を取る。胸のネームプレートに『櫻葉』と入っているので、創業者の身内なのかもしれない。

「短い間ですけど、お世話になりますわね」

「はい、お部屋のご用意は出来ておりますので、ごゆっくりお休みください。お荷物は当スタッフがお部屋までお運びいたします」

櫻葉というスタッフにそう言われ、翠子は可愛らしい顔立ちのベルガールにトランクを預けた。細身ながら力持ちのようで、ひょいと持ち上げている。

「どうぞ、お部屋までご案内いたします」

「はい」

軽やかな足取りで進んでいくベルガールの後をついていく。

「お待たせいたしました。こちらになります」

「まあ……とてもいいお部屋ね」

翠子が予約したのはシングルルームだったが、窮屈感を感じさせない余裕のある間取りになっている。内装も上品かつ落ち着いた色合いで統一されていて、テーブルの花瓶には淡いピンクと白のスイートピーが飾られていた。

想像していたよりもお洒落な部屋に、翠子の口元が緩む。昔、都内のビジネスホテルに泊まった時とは大違いだ。

「お荷物はこちらに置いてよろしいですか？」

「ええ。助かったわ、ありがとうお嬢さん」

壁際にトランクを置いたベルガールに礼を告げると、翠子は独り言のように続けた。

「……この街もずいぶんと変わったわね。喜ばしいけれど、ちょっと寂しくもあるわ」

「はい。地元の方もよくそう仰っているんですよ」

「私もね、ずっと昔出雲に住んでいましたの。こうして戻ってきたのは数十年ぶり」

「そうだったんですね」

にこやかに相槌《あいづち》を打つベルガールに、翠子も笑顔で頷く。

「そんなわけで日中は街を巡ろうと思うの。何かご用があったら、携帯に連絡をいただけるかしら？」

「かしこまりました。ご旅行楽しんでくださいね」

ベルガールは快く了承すると、「それでは、失礼いたします」と一礼して退室した。

一人になった翠子は、スイートピーに顔を近付けてすんと鼻を鳴らした。風信子《ヒヤシンス》にも似た甘く高貴な香りは、花が新鮮である証拠だ。

心を弾ませながらナイトパネルで時刻を確認すると、夕食にはまだ少し早い。それまで読書を楽しもうと、トランクから読みかけの文庫本を取り出す。

それから約一時間。翠子はページにしおりを挟んで本を閉じた。

「……そろそろお食事に行こうかしら」

本を花瓶の脇に置いて、レストランへ向かおうとする。けれど、途中でくるりと踵《きびす》を返して、窓へと歩み寄った。

空は墨色に染まって、星が瞬き始めている。

都会では見ることのできない美しい景色に、翠子はうっとりと見惚れていた。

あの人も、こうしてこの空を眺めているのだろうか。


「小川様、すごくお上品な方でしたね」

夕食時。見初《みそめ》は夕方にチェックインした老婦人について語っていた。

白いワンピースに、萌黄色のボレロといった清楚な装い。ミディアムボブに整えられたグレイヘアー。そして白いレースの日傘を携えた姿は、まるでスクリーンから抜け出してきた映画女優のようだった。

「私も将来は、ああいうおばあ様になりたいな。エレガントって言葉が似合うような……あ、これすごい美味しいですよ！　このお魚だけでご飯三杯はいけちゃいますね！」

見初の心を鷲づかみにしたのは、イカナゴのくぎ煮だった。

イカナゴは、体長15センチほどの小魚だ。瀬戸内海では二月末から漁が解禁されていて、初春の魚とされている。

それを醤油、砂糖、生姜でじっくりと煮詰めたものがくぎ煮だ。煮上がったイカナゴの折れ曲がった釘のような見た目が名前の由来になっていて、甘辛くご飯のお供に持ってこいの一品である。

「うん。まあ、頑張れ」

上品やエレガントという言葉とは無縁な恋人に生返事をして、冬緒《ふゆお》が味噌汁を啜《すす》った時だった。何やら険しい顔つきをした永遠子《とわこ》がホールにやって来る。

「遅かったですね、永遠子さん。何かあったんですか？」

「それがね。うちのお客様が変質者に襲われたらしいのよ」

「えっ！」

溜め息まじりの言葉に、見初と冬緒は一旦箸を置いて詳しく聞くことにした。

被害に遭《あ》ったのは、昨日から宿泊している若い女性だった。昼間に外を出歩いていると、急に突風が吹きすさび、その直後に背後から腕を掴まれたという。

だが慌てて振り返った時には、変質者の姿はなかった。女性が上げた悲鳴に怯《ひる》んで逃げ去ったのかもしれない。それとも、単なる気のせいだったのだろうか。

訝《いぶか》しみながらホテルに戻った女性は、この出来事を同室に宿泊していた友人に語った。

そしてその友人は、気のせいという結論を出したものの、念のためフロントに情報を提供したというわけだ。

「妖怪ですかね……」

「妖怪かな……」

永遠子の話を聞いた見初と冬緒は、顔を見合わせた。

「最近は人間に悪戯《いたずら》をする妖怪もめっきり減ったと思っていたんだけど……」

永遠子が溜め息をついて天井を仰ぐ。

「だけど、ものすごく足の速い人間って可能性もありますよ。突風もその人が起こしているのかも！」

「それはそれで警察案件になるぞ。そんな奴、野放しにしておけないだろ……」

冬緒が苦い表情で言う。見初も超高速で動き回る変質者を想像して、ぞくりと身震いをした。

女性の勘違いで済めば、丸く収まるのだが。

と、ウエイトレス兼バーテンダーの十塚海帆《とつかみほ》が、見初たちのテーブルへと近付いてきた。

「あのさ、それって急に後ろから腕を掴んでくる奴?」

どうやら話が聞こえていたらしい。

「はい。まだ妖怪の仕業かどうか分からないんですけど……」

「ああ、そいつ妖怪だよ」

海帆が何故かそう断言する。

「……海帆さん、その変質者のこと何か知っているんですか?」

「知っているも何も、私そいつに襲われそうになったし」

「⁉」

まさかの被害者だった。

見初たちが唖然《あぜん》としていると、たまたま近くを通りかかった十塚天樹《あまき》が食いついた。

「ちょっと待って。それいつの話?」

「ん? 今日の午後。大体三時くらいだったかな」

「どうしてそんな大事なことを黙ってたの……」

「すぐにいなくなっちゃったし、別に放っておいてもいいかなって思ったんだよ」

「………………」

あっけらかんと応える妹に、天樹は言葉を失っていた。

「海帆ちゃん、その話詳しく聞かせてもらえる？」

「うん。ちょうど休憩時間で、運動がてら外を散歩してたんだよね」

永遠子に促されて、海帆は事細かに話し始めた。

「そしたら急に風がゴオッって吹いて、後ろから腕を強く掴まれてさ。で、振り向いたら……」

そこで一拍置き、おどろおどろしい口調で続きを語る。

「泥の体に顔と手がついてるような化け物が、私の腕をがっしりと掴んでいたんだ……！」

海帆はそう言うと、両目をかっと大きく見開いて口もぽっかりと開けた。その化け物とやらの顔を再現しているらしい。

「突然吹く強い風と、後ろから掴む手……同一犯だな」

海帆の物真似には一切触れず、冬緒が真剣な表情で呟く。

「だけど、海帆さんよく無事でしたね」

「私がびっくりして叫んだら、向こうも驚いたみたいでさ。一目散に逃げて行ったんだよ。襲われたのはこっちだってのに」

海帆は腑に落ちない様子で唇を尖らせながら、見初の疑問に答えた。

何はともあれ、変質者の正体は妖怪と断定してよさそうだ。女性が犯人の姿を目撃していないのも、これで説明がつく。

しかし、

「立て続けに二件もですか……」

見初は表情を曇らせた。

「悲鳴を上げられて逃げ出すくらいなら、最初からやらなきゃいいのに……人騒がせな妖怪だな」

冬緒は呆れたように言うと、箸でかぶの浅漬けを摘まんだ。

「永遠子さん、どうします？」

「そうね……」

見初に意見を求められ、永遠子は暫《しば》し考え込んでから結論を出した。

「人間のお客様方に妖怪のことを話すわけにはいかないもの。とりあえず様子見かしら」

「私もそれでいいと思うよ。今のところは大した被害も出てないし」

当初から楽観的だった海帆が、コクコクと頷いて賛同する。

だが天樹は、硬い表情を崩そうとしなかった。

「これで終わるとは思えないな……」

◆　◆　◆

その翌日、淡い灰色のロングカーディガンに紺色のプリーツスカート姿の見初は、財布だけを持って外出しようとしていた。

「それじゃあ、行ってくるね。お留守番お願い」

「ぷぅ～」

部屋から出て行く見初を、白玉《しらたま》が気の抜けた返事をしながら見送る。

てっきり白玉もついてくるかと思いきや、本日は惰眠を貪《むさぼ》るつもりらしい。朝からずっと見初のベッドで寝そべっているので、置いていくことにした。

それに、今日は非番だからと街へ繰り出すわけではない。女性客や海帆を襲った妖怪について、調べに行くのである。

見初も天樹の呟きと同様に、このまま放置しておいてはいけないと思っていたのだ。

まずは近隣の妖怪たちへの聞き込みだ。そう計画を立てていた見初は、ふとホテルのほうへ視線を向けた。

白い日傘を携えた翠子が、入り口付近でタクシーを待っていた。昨日とは違い、ベージュのカーディガンを羽織っている。

向こうも見初に気付いたのか、穏やかに微笑みながら軽く会釈をする。見初はお辞儀を返そうとして、はたと例の妖怪のことを思い出した。

「お、小川様！」

翠子の下へ小走りで駆け寄っていく。

「おはよう、お嬢さん。今日もいいお天気ですわね」

「おはようございます。これからお出かけなさるんですか？」

「ええ。まずは出雲大社にお参りに行こうと思うの。それと、お土産もいっぱい買わなくちゃ」

どうしよう。ほくほくとした様子で答える翠子に、見初は内心頭を抱えた。

昨日の今日で、老婦人を一人で出歩かせてよいものか。

かといって、心を弾ませながらこれから出かけようとしている翠子を、引き留めるのも気が引ける。

「た……大社には私も行ったことがあるんですよ。是非楽しんできてください。お土産もいっぱいありますし……」

見初がしどろもどろになっていると、何かを思い付いた翠子は「そうだわ」と目を輝かせた。

「ねえ、あなた。もしかして本日はお休み？」

「はい。特に予定もないので、散歩にでも行こうかなと……」

「でしたら私に街を案内してくださらない？」

見初の両手を取り、翠子はそう頼み込んだ。

「まあ。出雲大社ってこんなにご立派な神社だったのね」

眼前に聳《そび》え立つ巨大な拝殿を見上げ、翠子は暫し呆然としていた。そして我に返り、隣にいる見初へ少し気恥ずかしそうに耳打ちする。

「実はね、こうしてお参りに来たのは今日が初めて。いつか行こう行こうって思っていたら、関東へ引っ越すことになってしまいましたの」

「そうだったんですか」

「参拝の作法はしっかり勉強してきたわ。ここでは二礼四拍手一礼だったのよね」

ちなみに一般的には、二礼二拍手一礼となっている。

出雲大社の四拍手については諸説あり、東西南北を司る四神への敬意を表している説などが挙げられる。

「……？」

翠子とともに参拝を終えた時である。突如どこからか突き刺さるような視線を感じて、見初はさりげなく周囲を見回した。

すると、建物や木の陰から何十体もの妖怪たちがこちらをじっと窺っていた。

「御朱印もいただいて来てよろしいかしら？　御朱印帳を買っておいたの」

「はい。私はこの辺りでお待ちしていますね」

翠子が拝殿の裏にある受付所へと向かう。その隙に、見初は妖怪たちが潜んでいる木陰へ近付いて行った。

「あ、こっちに来た。あの子、ぼくたちが見えるのかな」

「おや。彼女は、ほてる櫻葉の鈴娘ではありませんか。どうもご無沙汰しております」

妖怪たちの中には、ホテル櫻葉の利用客もいた。

「……何でこんなにたくさん妖怪がいるんですか？」

見初は周囲に人がいないことを確認してから、小声で尋ねた。

妖怪がこっそり大社を訪れているのは、そう珍しいことではない。だが今日に限っては、その数がやけに多いように思える。

そんな素朴な疑問に答えたのは、先ほど礼儀正しく挨拶をした妖怪だった。

「昨日から妙な輩《やから》がうろついております故、こちらに避難しておりました」

「妙な輩？」

「はい。全身に泥を纏ったような、おぞましい姿をしたモノです」

「その妖怪のことを知っているんですか⁉」

見初が興奮気味に質問すると、妖怪たちは首を横に振った。

「我々も詳しくは存じません。恐らく余所《よそ》から流れ着いたのでしょうが……とても禍々《まがまが》しい気配を感じました。あれには関わらないほうがいいでしょう」

どうも、単なる小心者の妖怪ではなさそうだ。見初に緊張が走る。

「というわけで、急遽大社へ逃げ込んだ次第でございます。こちらには大国主神様《おおくにぬし》がいらっしゃいますからね。困った時の神頼みというものです」

「そ、そうですか。でも何かあったら、うちに逃げてきても……」

出雲大社が妖怪たちの避難所と化すのは、この地におわす主神のご迷惑となるだろう。そう思い提案しようとすると、ちょうど翠子が戻ってきた。

「ただいま、時町《ときまち》さん。お待たせしてごめんなさいね。……そんなところで何をなさっていたの？」

きょとんと首を傾げながら、木の側に屈んでいた見初に尋ねる。

「ね……猫。この辺りに可愛い野良猫がいたんです」

「ふふ。猫ちゃんもお参りに来たのね」

翠子は、見初が咄嗟についた嘘を信じ込んだらしい。

「……かもしれませんね」

調子を合わせながら見初が上を仰ぐと、慌てて木によじ登った妖怪たちと目が合った。

出雲大社を後にした見初と翠子は、勢溜《せいだまり》の向かいに位置する『ご縁横丁』を訪れた。勢溜とは参道の入口で、木製の大鳥居が立っている。

通りには飲食店や土産店が立ち並んでいて、本場の出雲そばやぜんざいを堪能すると、お土産選びに没頭した。

「可愛い子たちね。うちにもお迎えしようかしら」

翠子が特に気に入ったのは、雑貨屋『えすこ』の『うさぎみくじ』だった。

陶器製の小さなうさぎの置き物で、赤いハートを抱えながらこちらを見上げているようなデザインがとても可愛らしい。そしてその中には、うさぎのイラスト付きのおみくじも入っているのだ。土産だけではなく自宅用も買っている翠子につられて、見初も一羽迎え入れることにした。

買い物も終えて、そろそろ帰ろうか……というところで翠子が、

「帰る前に少し寄り道してもよろしい？　行きたいところがあるの」

「はい。お荷物は私がお持ちしますね」

「そんな、申し訳ないわ」

「いえ。お気になさらないでください」

荷物持ちくらいはさせて欲しい。何せ、見初の食事代や土産代まで「私に付き合ってくれたお礼よ」と翠子が出してくれたのだ。

出雲大社の駐車場で待機していたタクシーに乗り込み、翠子が行き先を告げる。目的地

を聞いた運転手は一瞬、「え？　別に構いませんが……」と不思議そうにしながらもアクセルのペダルを踏んだ。

　タクシーに揺られること数十分。到着したのは、何の変哲もないコンビニだった。

「どうもありがとう」

　運転手に代金を支払って翠子が車外に出て、見初もそれに続く。

「コンビニで何かお買い物があるんですか？」

　見初が尋ねると、翠子は首を横に振って近くのバス停留所へ目を向けた。その脇には、屋根付きのベンチが置かれている。

「あちらに座って、少しおしゃべりをしましょうか」

　翠子に促されて、二人並んでベンチに腰を下ろす。少しの間車内にいたからか、そよ風が心地よい。

　それから見初と翠子は、とりとめもない会話を交わしていた。

「就職のために、関東からわざわざこちらへ？　そのくらい魅力的なホテルですのね」

「はい。まあ……そうなんですよ」

　就職難に喘いだ挙げ句、騙し討ちのような形で就職させられたことは胸に留めておくことにした。

　見初が口を濁していると、遠くから車の音が聞こえてくる。

一台のバスが、見初たちの目の前に停まった。
しかし翠子は乗り込もうとはしなかった。バスは暫《しばら》く停車し、こちらの様子を窺ってい
たが、やがて乗車口が閉まって走り去って行く。
見初が遠ざかっていくバスを見送っていると、翠子がぽつりと言った。
「私が出雲を離れたのは、親の転勤があったから。住み慣れた街や親しい友人と離れるの
はとても寂しかったわ」
翠子は当時のことを懐かしむように目を閉じた。
「そして素敵な男性とお見合いで知り合って、結婚して娘も二人生まれて……大変なこと
もたくさんあったけど、幸せな人生だったのよ」
そこまで語ると、ゆっくりと瞼《まぶた》を開く。
「娘たちは無事に独り立ちして、夫はね、去年他界したの。それでね、暫くは胸にぽっか
りと穴が空いたようになってしまって……そうしたら、ふっとある人に会いたくなった
の」
「じゃあ、小川様はそのために出雲にお越しになったのですか？」
「あれから何十年も経っているんだもの。お会い出来るか分かりませんけどね」
翠子は口元に手を当てながら、無邪気に微笑んだ。
それからも二人の会話は暫く続き、風が冷たくなり始めた頃。

翠子は周囲をきょろきょろと見回した。見初には、それが誰かを探しているように見えた。

「……それじゃあ、そろそろ帰りましょうか」

そう言って腰を上げ、傍らに置いていた日傘を手に取ろうとした時だ。

突如、強い風が吹きつけた。

「うわっ。大丈夫ですか、小川さ……」

声をかけようとして、見初は凍り付いた。

翠子の背後には、いつの間にか全身に真っ黒な泥を被ったような異形が立っていたのだ。

そして翠子の腕を掴もうとしている。

「小川様っ！」

見初が反射的に鋭く叫んだ。

するとその声に反応したのか、妖怪はびくっと体を震わせ、体を引きずるようにして去って行った。その動きは非常に速く、見初は目で追うのがやっとだった。

「………」

翠子はしきりに辺りを見渡していたが、見初に名前を呼ばれると、「今の風、すごかったわね。春一番かしら？」と取り繕うように笑ったのだった。

その後、謎の妖怪が現れることはなく、無事ホテルに帰還して見初はほっと胸をなで下ろした。

ところが、ロビーに入ると何故か冬緒と永遠子ではなく、夜間スタッフが業務をこなしている。客の手前平静を装っているが、何らかのトラブルが起きたことを見初は悟った。

翠子を部屋まで送り届けた後、夜間スタッフたちに事情を尋ねる。

「冬緒さんと永遠子さんはどうしたんですか？」

すると彼らは不安そうな表情を浮かべて、

「まずいですよ、時町さん。外出された女性のお客様方が、相次いで妖怪に襲われたらしいんです。急に後ろから誰かに腕を掴まれたとかで……。椿木《つばき》くんと櫻葉さんは、寮に戻って対策を立てているところです」

話を聞いた見初がすぐさま寮に向かうと、ホールには冬緒と永遠子以外にも従業員が数人集まっていた。

見初に気付いた冬緒が「あっ」と声を上げて駆け寄る。

「どこに行ってたんだよ？　いくら連絡しても返事がなくて心配してたんだぞ」

見初がスマートフォンを確認すると、不在着信が残っていた。あの妖怪が再び現れたらと気が気でなく、着信に気付かなかったのだ。

「す、すみません。それより私も泥だらけの妖怪を見ました！」

「何だって⁉」

「それで一緒にいた小川様が襲われそうになったんです。私が叫んだら、すぐに逃げちゃいましたけど」

見初の話に反応した永遠子も歩み寄ってくる。

「場所はどの辺りだったか覚えてる？」

「はい！　ええと、確かあのバス停は……」

見初が停留所の名前を言うと、永遠子はテーブルの上に広げていた地図でその場所を探して赤ペンで囲んだ。

他にも丸で囲まれている地点が数ヶ所あるが、そこから法則性は見いだせない。

「見境なく……って感じですね」

地図をじっと睨み付けながら見初が言う。

「様子見なんて言っていられないわ。このままエスカレートしていけば、怪我人が出るかもしれないもの」

「その妖怪についてもっと何か分かればいいんだけどな」

腕を組んで溜め息をつく冬緒に、見初は「そのことなんですけど」と出雲大社で得た情報を語った。

「余所から流れ着いてきた妖怪か」

「話し合いで解決出来ればいいんだけど」

「多分無理だ」

永遠子の呟きに、冬緒が自分の見解を述べる。

「もしかしたらそいつ……自我を失っているんじゃないか？　今自分がどこで何をしているのかも分からなくて、本能で動いているんだ。だから人間を手当たり次第に襲っているんだと思う」

「それじゃあ、もう祓《はら》うしかないってことね……」

「……柳村《やなむら》さんにお願いしよう」

ホールが重苦しい空気に包み込まれる。

と、見初が重要なことに気付いた。

「待ってください、その妖怪って女の人しか襲わないんですよね？　そうなると、誰か囮《おとり》役が必要になりますよ！」

見初の指摘に、冬緒がはっとした顔になる。

「囮……風来《ふうらい》と雷訪《らいほう》にでも化けてもらうか？」

「ダメよ。何かあった時、あの二匹じゃまるで役に立たないわ」

永遠子の歯に衣着せぬ物言いに、見初と冬緒は無言で頷いた。

「だったら、私が囮に……」

「それもダメ！　危ないだろ！」

小さく挙手して立候補しようとする見初を、冬緒がすかさず止める。そもそも相手が何をしてくるか分からない以上、囮を用意するのは得策ではない。

他の従業員たちにも意見を求めたが、これといった案は挙がらなかった。

話し合いが暗礁《あんしょう》に乗り上げ、再び重い空気がホールに漂い始めた時、

「この手があったわ……！」

突如沈黙を破ったのは永遠子だった。

「何か思い付いたんですか、永遠子さん？」

「ええ、名案よ。これなら上手くいくわ」

見初にそう答える永遠子の顔は、自信に満ちていた。

「……というわけなんです。本当に申し訳ありません。だけど、もうこれしかないんです。どうかお願いします」

見初が深々と頭を下げながら差し出したのは、黒い長髪のウィッグである。

「私が……女性の姿にですか……？」

ウィッグを受け取った柳村は、困惑している様子だった。それを見た冬緒も「すみません！」と頭を下げる。

そんな中、作戦の発案者である永遠子が熱弁を続ける。

「大丈夫！　柳村さんだったら、どんな姿でも似合うと思うの！　自分の可能性を信じて！」

「しかし、どう考えても無理があると思うのですが……」

「いいえ！　きっと妖怪も柳村さんを女性だと思い込んで、襲ってくるに違いないわ！」

「………」

一方的に太鼓判を押され、柳村はウィッグを手のひらに載せたまま立ち尽くしていた。

そして畳みかけるように、見初と冬緒が説得を試みる。

「初めはお祓いだけをお願いするつもりだったんです！　だけど、誰かを囮にするのは最善の策とは思えません」

「きっと上手くいきます！　俺たちもサポートしますから！」

「「よろしくお願いします」」

「……分かりました。引き受けましょう」

二人の懸命な説得が功を奏して、柳村が重い口を開く。

「……いいんですか？」

承諾してくれたことにほっとしながらも、見初はおずおずと尋ねた。

「これなら……件の妖怪が現れても、瞬時に対応出来ますからね。ええ、はい」

「柳村さん……」

自分に言い聞かせているような口振りに、ますます心苦しくなる。

「これで決まりね！　服とか化粧品は私に任せてちょうだい！」

「なあ永遠子さん、楽しんでないか？」

「そんなことはないわ。私は大真面目よ」

冬緒の問いかけに、永遠子は神妙な顔つきで答えた。

◆◆◆

その翌朝。前日の楽しげな様子とは打って変わり、永遠子は悲痛な叫びを上げていた。

「そんな……どうしてこんな大事な時に⁉」

化粧道具一式を持って柳村の部屋へ突撃しようとしたところ、とある年配の女性が永遠子に会いたいと、ホテル櫻葉を訪れたのだ。永遠子の遠縁にあたり、よかれと思ってしばしば見合い話を持ちかけてくる困った性分のご婦人である。

今回も、

「永遠子ちゃんもそろそろ身を固めたほうがいいと思うの。ほら、いい話を持ってきたわよ！」と、釣書《つりがき》をしっかりと持参してきたのだとか。その押しの強さは永遠子とよく似ていた。

　というわけで永遠子は、縁談をどうにか断るために泣く泣く応接室へと向かったのである。

「永遠子さんも災難ですね。では時町さん、よろしくお願いします」

「はぁ……」

　見初に頭を下げた柳村は、サイズの大きな白いセーターにモスグリーンのロングスカート、それから首には花柄のスカーフという装いをしていた。肩幅の広さが多少目立つものの、首から下を見れば女性に見えなくもない。

　しかし、それよりも見初には気になることがあった。

「だけど何で急に永遠子さんのご親戚は、お見えになったんですかね」

　今までも押しかけてくることは度々あったが、今回に限ってはそのタイミングのよさに、つい勘ぐってしまう。

「実は、私が彼女を呼び寄せました」

「柳村さんが⁉」

　柳村が素直に白状した。

　女性と柳村は友人同士で、昨夜たまたま向こうから連絡があったらしい。

　そして永遠子の見合い相手が見付かったと鼻息荒く語る友人に、「永遠子さんもきっと喜ぶと思いますよ。早くご紹介なさっては？」とアドバイスしたのである。それを真に受けた女性は、超特急で駆け付けてきたのだった。

「永遠子さんには、申し訳ないことをしたと思っております。ですが、少々身の危険を感じてしまいまして」

永遠子の美的センスを思えば、その気持ちはよく分かる。このことは胸の内にしまっておこうと、見初は誓った。

しかし永遠子がいなくなったため、自分が柳村に化粧を施すことになった見初の顔は、緊張で強張っていた。

「ひと思いにやってください、時町さん」

まな板の鯉となった柳村が言う。

「は、はい」

そう返事をしながら、永遠子から預かった新品の化粧道具に目を向ける。ホテルの売店で買い揃えたものらしく、数種類用意されたアイシャドウや口紅が永遠子の気合いの入りようを物語っていた。

ええいままよ。

見初は覚悟を決めて、下地のクリームを手に取った。

それから約一時間後。

冬緒は仕事を抜け出して寮に戻ってきていた。見初が柳村のメイク担当になったと聞き付け、いてもたってもいられなくなったのだ。

柳村の部屋へ向かっていると、うっすらと開いている扉の向こうから見初の声が聞こえてきた。

「うん！　柳村さんとっても可愛いですよ！」

褒めているはずなのに何故か嫌な予感がした冬緒は部屋に飛び込み、「うっ！」と呻《うめ》いた。

「あっ、冬緒さん見に来てくれたんですね！　いい感じですよ！」

やりきった表情で額に浮かんだ汗を拭う見初の隣には、微妙な仕上がりの柳村がいた。

コンシーラーでシミを綺麗に隠した上に、薄く伸ばされたファンデーション。

シェーバーで整えられた眉は、アイブロウで足りない部分を書き足し、瞼には春らしいピンクゴールドのアイシャドウ。

目の際に引いた濃い目のブラウンが、黒目を大きく演出。

そしてアイシャドウに合わせてピンク系の口紅を塗り、仕上げにグロスで艶を出した。

完璧な仕上がりである。しかし、何故だろう。はっきり言って気持ちが悪い。山姥《やまんば》みたいだと冬緒は思った。

（そうか、骨格か……）

これればかりはどうしようもない。

「どうでしょうか、椿木くん？」

「どうって……」

手鏡を見ながら感想を求めてくる柳村に冬緒が答えに窮していると、見初が一点の曇りもない笑顔で一言。

「会心の出来です！」

「でも、これはやり直……いいや。バッチリだな、見初！」

確かに見初はやり切った。後はなるようにしかならない。

「はい！　ありがとうございます。冬緒さん」

恋人に褒められてご満悦な見初は、いそいそと化粧道具を片付け始めた。

と、山姥が勝手に部屋から出て行こうとしているではないか。

「準備も出来たことですし、そろそろ行ってきます」

「え……ちょ、ちょっと待ってくださいっ」

職務質問という四文字が脳裏に浮かんだ冬緒が咄嗟に引き留める。

せめて何かで顔を隠さなければ。

「ひ、日傘！　日傘を差していると、もっと女性っぽく見えると思いますよ！」

「なるほど。それはいいアイディアですね」

冬緒の真意を知ってか知らずか、柳村はにっこりと笑顔で頷いた。

女性従業員から日傘を借りた柳村が、優雅な足取りで出発する。

少し距離を空けて、冬緒と天樹もついていく。女性である見初は、ホテルに待機となった。

人気のない道を暫くうろうろと歩き回っていたが、妖怪は一向に現れない。その代わり、散歩中の飼い犬に吠《ほ》えられていた。

「あの顔はダメだよ。妖怪も気味悪がって近寄ろうとしないって！」

「いや……奴の見境のなさを信じましょう」

苦言を呈する天樹に、冬緒が真剣な顔で切り返した時だった。

ゴォッ。

突然の強風に吹き飛ばされた日傘が、クラゲのようにふわりと宙を舞う。

だが柳村は日傘に構うことなく、背後を振り向く。すると泥を纏ったような異形が、こちらへ手を伸ばそうとしていた。

「……っ！」

一瞬声を上げそうになり、冬緒は手で自分の口を塞いだ。

一方、柳村は冷静だった。懐から素早く退魔の札を取り出すと、妖怪へと投げつけた。

「アアアア……ッ！」

大きく体を痙攣《けいれん》させながら、妖怪は苦しげな絶叫を上げた。そして柳村が二枚目の札を放とうとする間もなく、手負いとは思えない俊敏な動きで逃走した。

「柳村さん！」

妖怪の気配が消えたのを見計らい、冬緒と天樹が柳村の下へ駆け寄る。

「怪我はありませんか？」と天樹が尋ねる。

「ええ。私は大丈夫です」

「だけど……逃げられました。すみません、俺があいつを足止めしておけば……」

妖怪が逃げた方向を睨み付け、冬緒が悔しそうに言う。

「いえ、一撃で仕留められなかった私のミスです。……ですが、あの悪神《あくじん》をすぐに祓ってやれなかった」

哀れむように呟いた柳村に、冬緒と天樹がはっとした表情になる。

悪神。神や精霊など、神聖なる存在が何らかの要因で自我を失い、凶暴化してしまった姿だ。

「人間に何か恨みを持っていたのかもしれないな……」

やるせない気持ちになりながら冬緒は目を伏せた。

「ですが、あの状態では長くは保たないでしょう。直に消滅すると思います」

「……だけどあれは、いったいどこから流れ着いたんでしょうか？」

柳村は天樹の素朴な疑問に、

「さあ、今となっては知るよしもありません。それに逆の可能性もあります」

「逆？」

「流れ着いたのではなく、戻ってきたのかもしれません」


その日の昼下がり。

「それでは少し散歩に行ってきますわね、時町さん」

「はい。お気を付けて行ってらっしゃいませ」

小川翠子は昼食をホテルのレストランでとった後、白い日傘を携えて外出していった。

その後ろ姿を見送りながら、見初が傍に控えていた獣二匹へ声をかける。

「よし。じゃあ風来と雷訪も小川様について行って」

「ほ、ほんとに行かないとダメ？」

「柳村様も例の妖怪を仕留めきれなかったと聞きましたぞ……」

互いに身を寄せ合って怯《おび》える二匹だが、見初は情に流されなかった。

「だからこそだよ！　もし妖怪がまた現れたら、二匹が小川様を命懸けで守って！」

「責任重大じゃん！」

「我々に死ねと仰っているのですか⁉」

「せめて白玉様も来てよ！」と、風来が助けを求める。

しかしベルデスクの上にいた白玉は、ぷいっと顔を背けてしまった。何やら小さくて白いものを前脚で大事そうに抱えている。

見初が昨日買ってきた『うさぎみくじ』がお気に召したらしく、ずっと持ち歩いているのだ。

「お願いですぞ、白玉様！　私たちを助けてくだされ！」

「ぷぅ！」

グッドラック！　とだけ告げると、白玉は颯爽《さっそう》と去って行った。


結局風来と雷訪は、翠子を尾行することになった。さほど日差しが強くないのに日傘を差して歩く老婦人を、少し離れてつけていく。

すると、小さなバス停に辿り着いた。

「どこかへ観光に行くのでしょうか？」

バス停のベンチに腰かけた翠子を見て、雷訪が風来に話しかける。しかし相棒の関心は、別なものに向けられていた。

「コンビニに行こうよ！　オイラ、唐揚げ食べたい！」

「お金を持ってきていないでしょうが、おバカ風来！　それにコンビニに行っている間に何かありでもしたら、見初様に叱られてしまいますぞ！」

「それはやだ……」

風来が青ざめた顔でかぶりを振っていると、翠子が鞄から文庫本を取り出して読み始める。

ぴんと背筋を伸ばしてページを捲るその姿を、二匹はじっと眺めていた。

「絵になりますな」

「うん。上品なおばあちゃんだね……」

暫くするとバスがやって来たが、何故か翠子は乗ろうとしなかった。

「行っちゃったね」

「行っちゃいましたな」

「……本に夢中で気付かなかったのかな？」

「それはないでしょう」

風来と雷訪は首を傾げながら、走り去っていくバスを見送った。

その後も翠子はバス停に留まり続け、辺りが暗くなろうとしていた頃、本を鞄にしまった。そして何かを探すように、周囲を見回してから腰を上げる。

「帰るみたいですな」

元来た道を歩き始める翠子に、雷訪が呟く。

「これでオイラたちも帰れる……！」

待ちくたびれていた二匹も嬉々としながら、その後を追いかけようとした時だった。

翠子が足を止めて背後を振り返った。

「ひぇっ」

気が緩み老婦人の真後ろにいた風来と雷訪が、ビクッと跳ねる。

もしや気付かれたのでは。冷や汗をだらだらと流す獣たちだが、翠子が見据えていたのは先ほどまで過ごしていたバス停だった。

「…………」

やがて何事もなかったように再び歩き出した翠子に、二匹は顔を見合わせてその後を追った。

……彼らが去ったのと入れ替わるように、ある者がバス停に辿り着く。

柳村からどうにか逃げ延びた悪神だった。

「うぅ……」

痛い。苦しい。げふっと吐き出したどす黒い泥が地面を汚す。

だが、その苦痛がぼやけていた意識を呼び起こしてくれた。

(私はこの場所を知っている)

一本の樹木に宿った精霊。それが悪神のかつての姿だった。

何十年も何百年も人々を見守り続けていたが、ある日を境に一人の少女と言葉を交わすようになった。

『……どなたかいらっしゃるの？』

こちらの気配に気付き、そう尋ねた少女についに返事をしてしまったのが始まり。

すると彼女は怯えるどころか、嬉しそうに微笑んで、

『でしたら、私のお話相手になってくださる？　本を読むよりも、誰かとお話しているほうが好きなの』

少女との会話は、他愛のない内容ばかりだった。

家族のこと。友人のこと。学校のこと。

彼女の話の種が尽きることはなかったが、こちらから出せる話題は少なかった。せいぜい、今まで出会った人々の話くらいだ。

それでも少女は、楽しそうに相槌を打って笑う。その様子を見ているだけで、心が温かくなっていく。

『私、遠くに引っ越すことになってしまったの。ですから、あなたとお話が出来るのは今日が最後』

夏の季節が過ぎ去ろうとしていた頃、悲しげな表情でそう告げられた。

『そうなのだね。私の声が聞こえるのは君だけだから寂しくなるよ』

『ええ。あなたとはもっとたくさんおしゃべりがしたかったわ。それにちょっとだけ不安なの』

『不安？』

『誰も知らない場所で、上手くやっていけるかしらって。……最後だから明るくさよならしようと思っていたのに……ごめんなさいね』

『きっと大丈夫だよ。君なら誰とでもすぐに打ち解けられる』

『そうかしら』

『現に私とこうして話をしているじゃないか』

その言葉に、少女がくすりと笑った。

『そうね。……ねえ、またいつか会いに来てもよろしい？』

『いいよ。私はずっとこの場所にいるから、会いにおいで』

『ありがとう。そうしたら、またこんな風に楽しくお話をしましょう』

最後に一礼して去って行く少女を、静かに見送った。

木が切り倒されてしまったのは、それから暫く経った後。

不快な音を響かせながら、のこぎりのようなもので真っ二つにされた。

『この木、本当に切っちまってよかったのか？　かなり昔からここに立ってたんだろ。俺たち呪われないかね』

『だったら、お祓いでもしておくか』

業者たちは周辺に塩を適当に振りまき、それで儀式を済ませてしまった。

その後、木が立っていた場所には小さな店が建てられた。

人間の身勝手さ、理不尽さに言いようのない怒りが込み上げ、目の前が赤く染まる。

おぞましい悪神に変貌した瞬間だった。

心を失い行くあてもなく延々と彷徨《さまよ》っていたが、気が付くとこの地に舞い戻って来ていた。

懐かしい気配に惹かれたのかもしれない。あの少女がどこかにいるのだ。

そして彼女を探し求めて、手を伸ばし続けた。

◆　◆　◆

「出雲空港まで向かってくださる？」

翌日、ホテル櫻葉をチェックアウトした翠子は、タクシーに乗り込んで行き先を告げた。

「出雲には旅行でお越しになったんですか？」

年配の運転手が気さくに尋ねるので、「ええ」と頷く。

「出雲大社にお参りに行ったり、おそばやぜんざいをいただいたり。とても楽しかったですわ」

「そりゃよかった」

「だけど……」

「何かございましたか？」

「……いいえ。お気になさらないで」

運転手が気遣うように尋ねると、翠子は途中で言葉を飲み込み、窓の外へ視線を向ける。ちょうどあのバス停を通り過ぎるところだった。

翠子は膝の上に置いていた手をきゅっと握り、

「ごめんなさい。少しだけ停めてくださらない？」

「え？」

「十分、いえ五分でいいの。だからお願いします」

「……分かりました。じゃあ、この辺りでお待ちしておりますので」

運転手はタクシーを路肩に寄せて停車させた。

「どうもありがとう」

丁寧にお辞儀をして車外に降り、日傘を差してバス停へと戻っていく。そよ風が白いワンピースの裾を揺らした。

日傘を閉じて、誰もいないベンチに腰を下ろす。青く澄んだ空を見上げていた翠子は、ふいに口を開いた。

「……どなたかいらっしゃるの？」

「私のことが、分かるのかい？」

呼びかけに応えたのは、老人のようにしわがれた声だった。

「ふふ。昔もそんなことを聞かれたわ。……あなたは、こちらで何をなさっているの？」

少し間を置いて尋ねると、声の主は穏やかな口ぶりで答えた。

「待っている人がいるんだ。もしかしたら会えないかもしれないが……それでも、私が消えてしまうまで、ずっとここで待ち続けようと思う」

その言葉に、翠子は目を細めて微笑んだ。

「その人はすごく幸せな方ね。あなたが待っていると知ったら、きっと喜ぶわ」

「そうだろうか？」

「だってあなたは、とても優しい方ですもの」

翠子はそう語りかけると、ベンチから立ち上がって日傘を開いた。

「そろそろ時間だわ。もう行かないと」

「ああ。少しだけだが、君と話していて楽しかったよ」

「私も楽しかったわ。……それでは、ごきげんよう」

別れを告げて、ゆっくりとその場から離れていく。

遠ざかっていく彼女をぼんやりと見詰めていた声の主は、はっと息を呑んだ。

ゆっくりと記憶が蘇ってくる。

白い日傘。白いワンピース。遠い昔にも、その後ろ姿をこうして見送った。

(君だったのか)

体は今にも朽ち果てそうだが、心は満たされていた。

「……幸せそうでよかった」

掠れた声でそう呟く。

思い残すことはもうないと、ゆっくり目を閉じる。

そして悪神は、誰にも知られることなく静かに消滅した。


翠子はタクシーに辿り着くと、一瞬バス停へ振り向こうとした。しかしすんでのところで思い留まり、日傘を閉じて乗車する。

「お待たせしました」

「もうよろしいんですか？」

「ええ。行ってください」

翠子がそう促すと、運転手は「はい」と止めていたメーターを押して発進させる。

ふとバックミラーで後部座席を確認すると、老婦人は両手で顔を覆いながら小さな嗚咽《おえつ》を漏らしていた。

「お、お客様？　どうなさいました？」

慌てて尋ねた運転手に、翠子は声を震わせながら答えた。

「ごめんなさい、何でもないの。ただ嬉しくて……」

車内には、翠子の啜り泣く声だけが聞こえていた。

第三話　羽衣騒動

その夜、雷訪《らいほう》はとある山中で妖怪たちの宴会に参加していた。

「どれどれ……ほお。果実のような華やかな香りと、すっきりとした味わい。これは何杯でもいけますぞ！」

「よーし、じゃんじゃん飲め。つまみもいっぱいあるぞ！」

杯を傾けて絶賛する雷訪に気をよくした幹事が、川魚の塩焼きを勧める。

他にも根菜のぬか漬けや野鳥の丸焼きなど、参加者たちが持ち寄った酒の肴《さかな》が並んでいるが、中でも一番の人気は雷訪が持参した『赤天《あかてん》』だった。

赤唐辛子を練り込んだ魚肉のすり身にパン粉をまぶして揚げた料理で、断面がほんのり赤いのが特徴である。サクッとしたパン粉の食感と、唐辛子の辛さが病みつきになる浜田《はまだ》市の名物だ。

その美味しさは飲兵衛の妖怪たちを魅了し、少し炙《あぶ》ったところにマヨネーズをつけて食べると酒がすいすいと進んだ。

「ところで風来《ふうらい》はどうしたんだい？」

狸妖怪の不在に、幹事がぬか漬けをポリポリとかじりながら尋ねる。

「二時間ドラマが観たいと言って残りましたぞ」

「ちぇっ。付き合いがわりぃな」

「そう仰らないでください。ずっと前から楽しみにしてたらしいのです。本日は風来の分まで私が飲みますぞ」

　相棒をやんわりとフォローすると、雷訪は赤天をかじって酒を一息に呷《あお》った。

　美味い酒とつまみのおかげで宴は大いに盛り上がり、次第に酔い潰れて眠りこける者が現れ始める。あちらこちらから大きないびきが聞こえる中、雷訪は酔いを覚まそうとかぶりを振った。

「明日も仕事があるので、私はそろそろ失礼しますぞ……」

「おー……」

　幹事は地面に大の字になりながら相槌《あいづち》を打った。

「むむ……ふぎゃっ」

　覚束《おぼつか》ない足取りで山を降りようとする雷訪だが、途中で木にぶつかってしまう。痛む鼻を押さえていると、脇道から微かな水音が聞こえてきた。

「そういえば……」

　この山には小さな泉があるらしい。水でも飲めば少しは酔いも覚めるだろうと、雷訪は音を頼りに千鳥足《ちどりあし》で脇道を進んでいく。

茂みを掻き分けていくと大きく開けた場所に辿り着き、その中央には泉が湧いていた。半分ほどに欠けた白い月が、水面で音もなく揺らめいている。

畔に近付いて青臭さや生臭さがないことを確認すると、雷訪は落ちないように気を付けながらゴクゴクと水を飲んだ。ひんやりとした初春の水が、火照《ほて》った体を程よく冷ましてくれる。

「ぷはーっ。生き返りましたぞ……おや？」

泉の奥に何かがいることに気付き、雷訪は顔を上げた。

薄暗くて姿形ははっきりとしないが、沐浴《もくよく》をしているようでザブザブと水音が響いている。恐らく先ほど聞いた音の正体だろう。

雷訪がよく目を凝らしてみると、ずいぶんと大柄な体つきをしている。機嫌よさそうに鼻唄を歌っているのだが、野太い上に音程が滅茶苦茶である。風来に負けず劣らずの音痴だ。

「あ、あれはカバですかな……？」

まだ酔いの覚めきらない頭でそう判断した雷訪が、この場から速やかに退散しようとした時だ。

ふわり。

布のようなものが突然頭の上に落ちてきて、視界を遮《さえぎ》られる。

「ひぃっ⁉」

雷訪は悲鳴を上げながら、慌てて布の下から這《は》い出た。

ばくばくとうるさい心臓を押さえながら見てみると、それは女性用の着物だった。白い生地にうっすらと流水紋《りゅうすいもん》が描かれていて、月明かりを浴びて虹色の光沢を帯びていた。驚くほど滑らかな手触りで、持ってみると羽のように軽い。

「どなたのものでしょうか。もしや……」

雷訪はちらりと泉へ視線を向けたが、すぐにふるふると首を横に振った。着物を着るカバなど聞いたことがない。

誰かが捨てたものだろうと結論付けた雷訪は、着物を持ち運びやすいように折り畳むと、軽快に鼻唄を歌いながら泉を後にしたのだった。

その様子を、泉の奥からじっと観察されていたとも知らずに。

◆　◆　◆

「私の伴侶を迎えに参りましたわ。ほら、そこの小娘。早く連れて来なさいな」

「はぁ……」

ホテル櫻葉《さくらば》にやって来るなり高飛車な態度でそう命じてきた女性に、見初《みそめ》は返答に困っていた。

ふくよか……と形容するには些《いささ》か横幅の広い体に、つきたての餅のように真ん丸とした顔。そして猛禽類《もうきんるい》が如き鋭い目付きは迫力満点だ。

「ぼさっと立っていないで早くなさい、小娘」

そんなことを仰られましても。見初は冬緒《ふゆお》と顔を見合わせた。

と、見かねた永遠子《とわこ》が口を挟む。

「お客様。失礼ですが、少々お話を伺ってもよろしいでしょうか？」

「私の伴侶を迎えに来たと言っているでしょう？　同じことを何度も言わせないでちょうだい」

顔を真っ赤にした女性は、苛立った様子で地団駄を踏んだ。床が僅かに揺れる。

しかし見初たちには、本当に心当たりがなかった。このまま大人しく引き下がりそうにもなく、どうしたものかと考えあぐねていると、

「私の羽衣を持ち去った方が、こちらにいるはずですわ」

「羽衣？」

女性の言葉に、冬緒がピクリと反応した。

「冬緒さん、心当たりがあるんですか？　ま、まさか伴侶って……」

「違う、俺じゃない！　誤解だ！」

見初にあらぬ疑いをかけられて早口で否定する冬緒に、女性は流し目を送った。

「あなた様はまああの顔立ちですけれど、私の好みではありませんわね。申し訳ありませんが、他を当たってくださる？」

「何で俺が振られたみたいになってるんだよ！」

女性にまで妙な勘違いをされた冬緒は大きく溜め息をつくと、気を取り直すように軽く咳払いをした。

「要するにその羽衣を持ち去った誰かが、この人の伴侶ってことだ」

「ああ、そういうこ……え？」

冬緒の言葉に一瞬納得しかけた永遠子は、女性に訝《いぶか》しげな視線を向けた。

「どういうことですか？」

話についていけずにいる見初が質問すると、冬緒が小声で耳打ちする。

「……この人は天女《てんにょ》様だ」

「えっ⁉」

「何ですの、その反応は⁉　失礼ですわよ！」

すかさず抗議してきた女性に、見初は「も、申し訳ありません！」と非礼を詫びた。しかし見初のイメージする天女とはあまりにもかけ離れた容姿に、戸惑いが隠せない。

「逞《たくま》しそうな天女様ね……」

永遠子も頬に手を添えながらそう呟いている。

「で、でも、どうして羽衣を盗んだ人が旦那様になるんですか？」

「はぁ。この小娘は羽衣伝説も知りませんのね」

「……天女が水浴びしている最中に、羽衣を盗んじゃう話でしたよね？」

小娘の知識はそこで限界だった。天女が渋々ながら補足する。

「盗んだ男は天女の美しさに魅了され、天に帰れなくなった天女に羽衣を返そうとするどころか、自分の妻になって欲しいと迫る。そして天女は、仕方なくその男と結婚して子供を儲けるという話ですわ」

「そんなの、相手を殴ってでも強引に奪い返せばいいじゃないですか！」

少なくともこの天女は、泣き寝入りするようなタイプには見えない。

「話を最後まで聞きなさい！　これはあくまで人間たちの間で広まった物語。私たち天女はわざと羽衣を盗ませ、求婚してきた男を夫にするしきたりとなっているのですけど……待てど暮らせど、私の羽衣を盗んだ男がやって来ないのはどういうことですの⁉」

と、ここで天女の怒りが再びぶり返した。

「ど、どうしてでしょうかね……」

「だから痺《しび》れを切らして、こちらから押しかけてやりましたわ！」

つまりその盗人《ぬすっと》を突き出せば帰ってくれるようだ。

「どんな人が羽衣を持って行ったのか分かりますか？」

「当然ですわ。持ち去っていく様子を泉からこっそり窺っていましたもの。あの姿は一度見たら忘れられませんわ……」

天女はうっとりと目を細めながら、盗人の特徴を語り始めた。

「小麦色の毛並みに切れ長の瞳……」

「ふむふむ」

「もふもふの尻尾……そして愛くるしい短い手足の持ち主ですわ。ああ、あの小さな体を抱き上げて頬ずりしたい！」

「…………」

嫌な予感がする。見初は無言で冬緒と永遠子に目配せをした。

「……そいつは本当にうちのホテルにいるんだな？」

「間違いありませんわ！」

冬緒が確認を取ると、天女は力強く頷いた。

なんてこったい。唖然《あぜん》とする見初たちの脳裏には、一匹の狐が思い浮かんでいた。

「ふふふふ。やっとお会い出来ましたわね、雷訪様？」

天女は猫なで声を出しながら、応接室へ連行されてきた雷訪を抱き上げた。小麦色の毛がぶわっと逆立つ。

「ギャーッ！　な、何ですか、あなたは！」

「私を忘れてしまいましたの？　あなた様の妻となる女ですわ」

「ひぃぃぃぃ」

雷訪は何が何だか分からず、目を白黒させていた。

「私はあなたのことなど知りません！　お離しください！」

天女に求婚するどころか、全力で拒絶している雷訪の様子に、見初は首を傾げた。もしや人違いなのではと淡い希望を抱きながら、話を切り出す。

「ねえ、雷訪。この人の着物を勝手に持って行かなかった？」

「着物……？」

「うん。泉で水浴びをしていたら、いつの間にかなくなってたらしいんだけど」

多くを語らず、かいつまんで説明すると分かりやすく雷訪の目が泳いだ。

「……雷訪？」

見初が冷たい声で名前を呼ぶと、雷訪は気まずそうな顔でコクン……と頷いた。

「数日前、宴会の帰りに泉に立ち寄って水を飲んでいたら、綺麗な布を見付けまして……その……」

「この人がいたことには気が付かなかったの？」

辿々しい口調で弁明する盗人に、見初の語気も強くなる。

「いえ。あの時、泉にいたのはカバだけで……」

「んまあ。照れ隠しであっても、妻をカバ呼ばわりしてはいけませんわ！」

天女が腕の力を強めると、雷訪からは「ぐえっ」と潰れた蛙のような声が漏れた。

と、ここで見初は残酷な事実を宣告する。

「ら、雷訪。このままだと、この天女様と結婚することになるよ！」

「何ですと⁉」

見初が事情を詳しく説明すると、雷訪の顔は一層恐怖に染まった。

「嫌ですぞ！　こんなカバ天女と結婚なんて絶対に嫌ですぞ！」

短い手足を必死にばたつかせ、天女の腕から抜け出そうとしている。しかし天女も逃がしてなるものかと、丸太のような両腕で雷訪をがっちりとホールドしていた。

「諦めてくださいまし、雷訪様！」

「いやぁーっ！」

甲高《かんだか》い悲鳴が応接室に響き渡る中、お茶請けの煎餅《せんべい》をかじっていた見初がはっと口を開いた。

「そうだ……羽衣を返せば、結婚しなくていいんじゃないの？」

「ちっ」

図星を突かれた天女が顔を歪めながら舌打ちをした。

そうと分かれば話は早い。見初は天女の腕からささっと雷訪を取り上げて床に下ろした。

「ほら、雷訪。早く返してあげよう？」

「…………」

「んん？」

幼い子供に語りかけるように促すが、どうも雷訪の様子がおかしい。放心状態でその場に立ち尽くしているのだ。天女に絆《ほだ》され、身を固める決心をしたようにも見えない。

不審に思った天女が「雷訪様？」と怪訝《けげん》そうに声をかけると、小さな体がびくっと震えた。

まさか売り飛ばしたのでは。見初が最悪の事態を想定していると、そこへ暇を持て余した風来が雷訪の様子を見にやって来た。

「あれ？　見初姐《ねえ》さん、何でそんなに怖い顔をしてるの？」

ベストタイミング。見初は質問の相手を切り替えた。

「風来。雷訪が綺麗な着物を持ち帰ってきたらしいんだけど、何か知らない？」

風来は少し考え込んでから、

「あっ。あの綺麗な布切れならオイラも持ってるよ」

「は？」

その発言に天女が眉《まゆ》を寄せる。

「今取りに行ってくるね！」

風来が応接室を飛び出していくと、天女はすぐさま雷訪を問い詰めた。

「雷訪様、何故あの狸が私の羽衣をお持ちですの？　というより、オイラもって複数形の言い方でしたけど……」

「い、いいえ……あの……」

「お答えください！」

天女に激しく詰問《きつもん》されても、雷訪は生気を失った目で虚空《こくう》を見上げていた。

「ちょっと、聞いてますの!?」

「天女様、落ち着いてください！」

「これは夫婦の問題ですわ！　外野は引っ込んでなさい！」

「まだ結婚してないじゃん！」

天女と見初が言い合いをしていると、「お待たせーっ」と全ての鍵を握る狸が戻ってきた。

「ふふーんっ。見てみて。似合う？」

得意気な様子で、首に巻いた白いスカーフを見せつけてくる。それは窓から差し込む陽光を反射し、美しい光沢を放っていた。

応接室の空気が凍り付く。

「雷訪が作ってくれたんだよ！」

その一言がトドメとなり、天女がガクンッと膝を折ってその場に座り込んだ。そして観念した雷訪が天女に土下座をする。

「風来とお揃いのスカーフを作るために、切ってしまいました！　申し訳ございません！」

「何て……何てことを……」

今度は天女が放心状態になる番だった。俯きながらぶつぶつと呟いている。

その様子を見て、雷訪はとんでもないことを言い出した。

「あの……袖の部分はかろうじて残っておりますので、それでどうか勘弁していただけないでしょうか……？」

「かろうじてって何⁉」

さらなる事実に、見初がぎょっと目を見開く。

「えっとね……雷訪、スカーフ作りに何度も失敗しちゃって……」

何となく状況を察した風来がおずおずと説明する。

ほんとにどうしよう。見初が天井を仰いでいると、天女がふらりと立ち上がった。心なしか、先ほどよりも少し老けて見える。

「雷訪様……よくお聞きください」

「は、はい」

恨めしそうな目で見下ろされ、雷訪はピシッと背筋を伸ばした。

「私たち天女は人間の男と結婚した三年後、天に帰らなくてはならない掟《おきて》となっております。ですが、空を飛ぶための羽衣がなければ、一生帰れません。今の私の悲しみがどれほどのものか……聡明なあなた様ならお分かりですわよね？」

「はい……」

穏やかな語り口調が、かえって恐怖を煽る。

雷訪が助けを求めるように見初と風来へ視線を向けると、彼らは「誠心誠意の謝罪」と書かれたコピー用紙を掲げた。雷訪に１００％非があるとは言えないが、誰のものか分からない着物をスカーフに加工するなど言語道断である。

無言のアドバイスを受けて、雷訪は深く頭を下げた。

「私は取り返しのつかないことをしてしまいました！　どのような償いでもいたします。ですからどうか、お許しください！」

「……本当ですの？」

「はい！　この雷訪に二言はありませんぞ！」

雷訪が声高らかに宣言した途端、天女の目がキラリと光った。

「分かりましたわ。雷訪様も反省しておられるようですし、これ以上は咎《とが》めません。天に帰るのも諦めるとしましょう」

「天女様……感謝いたします！」

「ただし」

天女はしゃがみ込むと、にっこりと微笑みながら雷訪の頬を優しく撫でる。

「何が何でも私と結婚して、幸せにしてくださいませ」

途端、雷訪の顔が絶望に染まった。

「そ、それだけはご勘弁ください……！」

「あ？」

「あぎゃっ！」

真顔になった天女が雷訪の髭《ひげ》をぐいっと引っ張る。

「こうなったら責任を取るしかないよ、雷訪……」

「結婚式のスピーチはオイラに任せてね……」

見初と風来も匙《さじ》を投げて、静かに応接室から去って行く。

「お待ちください！　私を置いて行かないでください！」

「ふふふっ。逃がしませんわよ、雷訪様」

「ギャースッ‼」

こうして雷訪の災難の日々は始まった。

◆　◆　◆

「綺麗な空ですわね……」

数日後。ホテル櫻葉の裏手にある山の頂上で、天女は晴れ渡った空を見上げていた。

その足下では、今にも死にそうな顔をした雷訪がちらちらと隣の巨体を見上げている。

そして天女の意識がこちらに向いていないと判断して、ゆっくりと後ずさりをしながら離れようとするが、

「どちらに行かれますの、雷訪様？」

「ひっ」

野太い声で呼び止められて硬直してしまう。

「もう少しで私の両親たちがやって来ます。それまでもう少々辛抱くださいまし。ね？」

「わ、分かりましたぞ……」

事情はどうあれ伴侶を無事に捕獲した天女は、その報告のために両親や親族を地上に呼び寄せたのである。何とか時間稼ぎを図ろうとした雷訪が「まずはお友達からにしませんかな？」と提案したものの、「もう待てませんわ」とあっさり却下されてしまった。

「……ところで、どうしてあの方々までいらっしゃるのかしら？」

天女が不本意そうに視線を向けた先には、勝手についてきた見初と風来の姿があった。

「私たちも、天女様のご親戚の方々に是非ともお会いしたいなぁと思いまして！」

「そうそう！　今のうちにちゃんとご挨拶しておかないとね！」

愛想笑いを浮かべ、それっぽい理由を挙げているが勿論嘘である。

実際は天女の両親たちを上手く抱き込み、結婚を諦めるよう説得させる算段だった。

「あら。いい心がけですわね」

そうとも知らず天女は、にんまりと笑った。

「……大丈夫かな」

見初は早くも弱気になっていた。小さな声で風来に耳打ちする。

「大丈夫だよ。親戚の人たちも、雷訪との結婚なんて認めないって」

「そんな楽観的な……」

「だって雷訪だし」

その一言は強い説得力を持っている、見初も納得して頷く。

「うん。あの天女様が大暴走してるだけだよね」

「そうそう。絶対に猛反対するに決まって……」

ひそひそと内緒話をしていた見初と風来の頬に、ぽたりと水滴が落ちてきた。空を見上げると、さんさんと輝く陽光とともに大粒の雨が降り始めている。

「わ、わぁっ。天気雨だ！　狐の嫁入りってやつかな⁉」

「違うよ、風来！　それを言うなら狐の婿入りでしょ！」

「そっか。でもめでたいね！」

「お天道様も二人を祝福してくれてるんだよ！」

大根役者二名の三文芝居に、笑みを深くした天女は雷訪を抱き上げて頬ずりをした。

「やはり私たちが結ばれるのは運命のようですわね」

「そんな運命、私は信じませんぞーっ！」

雷訪が悲痛な叫びを上げた直後、空全体が白い光に覆われた。

「皆様方、こちらですわー！　おーいっ！」

天女が空に向かって大きく手を振る。

すると、目映《まばゆ》い光の彼方から何かが現れた。

「あれは……ふ、船？」

目を凝らしながら見初が不思議そうに呟く。

時代劇でよく登場するような和船が、地上へと向かって来ていた。

「うわぁ～！　あれが天女様のお父さんたちかな⁉」

興奮気味な風来の横で、見初は顔を引き攣《つ》らせていた。

「多分そうなんだろうけど……」

「どうしたの、見初姐さん」

「何であんなにたくさん来てるの……？」

一隻二隻どころの話ではない。数十を超える和船が空を埋め尽くしている。

見初は感動を通り越して、恐怖を覚えていた。

「天女様、ちょっと人数多過ぎやしませんか？」

「おかしいですわね……まさかお父様ったら、一族郎党を引き連れてきたのかしら」

「一族郎党⁉　壇ノ浦《だんのうら》の戦いでも始める気ですか⁉」

「そんなの私にも分かりませんわよ！」

天女も想定外の事態に戸惑っている様子だった。

そして、とうとう先頭の船が見初たちの前方に着陸した。見るからに高貴な身なりをした人々が降りる中、初老の男性が天女へと駆け寄ってくる。

「おお……我が愛しい娘よ！　元気にしておったか？」

どうやら彼が天女の父親らしい。しかし久しぶりの親子の再会にも拘《かか》わらず、娘の態度は素っ気なかった。

「これだけの大人数で押しかけてくるなんて……どういうことですの、お父様？」

「皆、お前に求婚した物好……ごほん。奇特な男を一目見たいと申してな」

娘に問いただされ、父親は嬉々とした口ぶりで答えた。

他の天人《てんじん》たちも続々と降りてきて、周囲を見回している。その奇特な男とやらを探しているのだろう。

「む？　その男はどこだ？」

「こちらの方ですわ」

天女は死んだ魚の目をした雷訪を差し出しながら、問いかけに答えた。

「は、初めまして。私は雷訪と申します……」

「むむ？　狐に化けておったのか。人間の姿を見せて欲しいのだが」

「いえ、化けておりません」

「………」

奇特な男ならぬ奇特な狐を紹介されて、父親から笑顔が消えた。しかしそれに構わず、天女は円満な関係をアピールする。

「この方は、私を幸せにすると仰ってくださいましたの！　ね、雷訪様？」

「はい。人生をかけて愛し抜くと誓ったのですぞ」

天女に同調する雷訪だが、声が上擦《うわず》っている。無理矢理言わされていることは、誰の目にも明らかだ。

父親の体が小刻みに震え出す。

「む、娘よ。本当にその狐と結婚するつもりなのか？」

「ええ！　とっても素敵な御仁でしょう⁉」

「み……認めんっ。いくら何でも、こんなちんちくりんな狐が義理の息子になるなど、私は絶対に認めんぞっ‼」

父親の怒号が晴天に響き渡った。

好機とばかりに、ふて腐れている天女から雷訪を奪い取った見初が勢いよく口火を切った。

「そうですよね！　いえ、二人の結婚はどうかなって私たちも思っていたんです。お父様にそう仰っていただけて安心しました！」

「そ、そなたは？」

「私は雷訪の友人です！」

「はぁ」

突然話に割り込んで捲《まく》し立て始めた見初に、父親は目をぱちくりさせていた。

そこへ風来も助太刀に入る。

「こいつと結婚なんてやめたほうがいいよ！　とんでもない女たらしで、千人斬りの雷訪って呼ばれてるんだ！」

「それはまことか⁉」

父親は風来の嘘八百を完全に信じ込んでいた。

これはいける。見初は勝利を確信しながらも攻撃の手を緩めることなく、ガンガンと攻めていく。

「実は女の子からお金もたくさん騙し取っていたみたいで……今はその返済のために、タダ働きをさせられているんです。性格面もですが、経済面も本当に最悪なんです！」

「見初様、風来⁉　先ほどから何を仰って……もがっ」

見初は素早く雷訪の口を塞いだ。

「娘よ……この雷訪とやらとは今すぐに別れなさい！」

見初たちの目論見《もくろみ》通り、父親が険しい顔で天女へと迫る。

しかし天女は、ぷいっと顔を背けて言い放った。

「いいえ。私の気持ちは変わりません。雷訪様と結婚しますわ」

「こんな極悪非道な狐のどこがよいのだ……」

「そういう悪いところが素敵だと申し上げているのですわっ！」

「いい加減にしろ！　……とにかく一度天に帰って説教だ。羽衣も返してもらいなさい」

意固地になっている娘に、父親が溜め息交じりに言う。

天女には少し申し訳ないが、見初たちにとって理想的な展開である。

「羽衣なんですが……雷訪が切ったせいで着れなくなってしまったんです」

そして内心ガッツポーズを決めながら、見初がおずおずと説明した時である。

「えっ」

父親の顔色が変わった。いや、彼だけではなく他の天人たちの表情も強張っている。

「ちょっと待たぬか……今、どのような状態になっておるのだ……」

「私たちは怖くて見てませんが、かろうじて袖の部分は残っているとのことです」

「袖……」

見初がありのままに伝えると、父親は膝から崩れ落ちてしまう。ここまでショックを受けるとは思わず、見初は怪訝な顔で風来と目を合わせた。

と、父親が足を震わせながら立ち上がり、羽衣をダメにした張本人へ視線を向ける。

「……雷訪と申したな」

「は、はいっ！　この度は、大変申し訳ないことを……」

ぽん。竦《すく》み上がりながら謝罪しようとする雷訪の肩を叩き、父親は静かに問いかけた。

「そなたには、うちの娘と添い遂げる覚悟はあるか？」

その質問に、見初は猛烈に嫌な予感を覚える。しかし心の余裕を失っている雷訪は、父親の真意を見抜くことが出来なかった。

「も……勿論ですぞ。ですが、お父様のご意向に逆らうつもりはございません」

「そうか……では、娘のことをよろしく頼んだぞ」

「は？」

雷訪の目が点になった。

「お、お待ちください！　先ほどまで二人の結婚を反対されていたじゃないですか！」

「そうだよ！　雷訪は最低野郎なんだよ!?」

虚をつかれた見初と風来が抗議する。

「羽衣が使い物にならなくなっては、天女は夫となる男を見付けられぬ。ならば致し方あるまいよ」

「そ、そんな……」

父親が下した苦渋の決断に、雷訪はショックのあまり、茫然自失《ぼうぜんじしつ》した。

「あの……代わりの羽衣って用意出来ないんですか？」

急転直下の事態に動揺しながらも、見初がそう尋ねる。

「そうしたいのは山々だが、天女の羽衣は一人一着と決まっておるのだ……」

父親が大きく溜め息をついて、チラリと雷訪を見る。

「しかし……この数千年の間、羽衣を隠す男は大勢おったが、切ったバカなど初めてなのだ……私もどうしたらよいか分からぬ」

「数千年に一度のバカ……」

見初は呆然と呟いた。

「でも雷訪は女好きだし、金遣いも荒くて……」

「多少の瑕疵《かし》があろうとも、この際目を瞑《つむ》ろう」

相棒の危機に風来が食い下がろうとするが、父親の意思は揺るがない。

「お父様……」

「娘よ……」

神妙な面持ちで親子が向き合う。

「お前が伴侶を探すために地上に降りて五百年あまり。半ば諦めておったが、ようやく見付けたのだな」

「はい。私はもう天には帰れぬ身。この地上で雷訪様と生き続けていきますわ」

「うむ、これが今生《こんじょう》の別れとなるであろう。……達者でな」

父親は最後に娘と抱擁を交わすと、船に乗り込んだ。それに合わせて、他の天人たちも帰る準備を始めている。

「待ってください！　その船で娘さんを連れ帰って！」

「結婚反対！　結婚反対！」

見初と風来が最後の悪あがきをするが、父親はふっと笑みを浮かべて、

「そなたたちも雷訪の友人として、支えてあげて欲しい」

「無理です！　私たちの手には負えません！」

見初の必死の叫びも虚《むな》しく、和船たちがゆっくりと浮かび始める。

「さらばだ、娘よ！」

その声に合わせて、船は一斉に空の向こうへと飛び去って行った。

「お父様にも認めてもらいましたし。これで私たちを邪魔する者は誰もいませんわね」

「ひぃぃ……見初様、お助けください」

むふふとほくそ笑む天女に見下ろされ、雷訪が見初の足にしがみつく。

しかし無言で風来とアイコンタクトした見初は、雷訪をベリッと引き剥がして天女に差し出した。

そして無慈悲な一言を放つ。

「どうぞ、天女様。煮るなり焼くなりお好きになさってください」

「見初様!?」

愕然とする雷訪に、見初は諭すように言う。

「元はと言えば雷訪が悪いんだし、ちゃんと責任は取らないと。とりあえず三年間夫婦生活を続けてあげなよ」

「三年間も!? そんなの耐えられませんぞ！」

「懲役三年だと思って頑張って！」

往生際が悪くかぶりを振る雷訪だが、見初に引導を渡されてガクリと項垂《うなだ》れる。天女の手に渡っても、もはや抵抗する気力すら残っていなかった。

「ふふふ。お散歩に参りますわよ、雷訪様」

「ハイ……」

嬉々としながら雷訪を抱えた天女が、のっしのっしとどこかへ歩いて行く。

「だけど、あの天女ってもうお空に帰れないいんでしょ？　懲役三年どころか終身刑なんじゃ……」

天女の後ろ姿を見詰めながら、風来が不安そうに呟く。

「雷訪が服役している間に、私たちで羽衣を何とかしよう。このままだと天女様も可哀想だもん」

見初は襟を正して、風来に質問した。

「切っちゃった羽衣って、まだ残ってる？」


寮に戻った見初は、風来と雷訪の部屋にお邪魔していた。

「んーと、確かこの辺りに……あっ、あった！」

キャビネットの中に頭を突っ込んでいた風来が、ゴミ袋をずるずると引っ張り出す。

「勿体ないからって、全部取っておいたみたいなんだけど……」

新聞紙を広げたところにゴミ袋の封を開けて中身をひっくり返すと、白い布の切れ端が次々と出てきた。羽衣の残骸を目の当たりにした見初は絶句する。

「これは酷い……」

と、絞り出したような声で言うのがやっとである。

最後に袖らしき大きめの布を二枚取り出した風来が、「どうにかなるかな？」と尋ねてきた。

「ちょっと私には無理かも……」

見初は正直に答える。バラバラになった布を縫い合わせられないかと考えていたが、見通しが甘かった。

それを聞いて風来もしょんぼりと俯いていたが、何かを閃《ひらめ》いたように顔を跳ね上げた。

「そうだ！　天樹《あまき》兄さんに頼もうよ！」

「そういえば天樹さんって、手芸が得意だもんね……！」

「ちょっとレストランに行ってくるーっ！」

見初の賛同を得られた風来は、早速最たる適任者を呼びに行った。

そして約十分後。仕事を抜け出して駆け付けてくれた十塚《とつか》天樹は、新聞紙の上に積み上がった大量の布切れを見て、目を見張った。

「こ、これを元通りに……!?」

「天樹さんでも難しいですか？」

見初の問いかけに、天樹は少し考え込んでから口を開く。

「ううん。頑張ってみようと思う。少し時間をもらってもいいかな？」

「はい！　ありがとうございます、天樹さん」

見初が頭を下げながら礼を述べた時だ。ずずん……と、どこからか地響きが聞こえてきた。それはこちらに向かって来ているのか、次第に大きくなっていく。

いち早く地響きの正体に気付いた風来が目を見開いた。

「あのカバ天女がこっちに来てる！」

「は、早くこれを隠さないと！」

こんな有様の羽衣を見せるわけにはいかない。見初たちは大慌てで新聞紙で布切れを包み込むと、それをゴミ袋に押し込んだ。

その直後、勢いよく部屋のドアが開かれて、予想通りの人物が入ってきた。

「こちらが雷訪様のお住まいですのねっ。少し狭いですけど、まあまあ綺麗なお部屋ですわ」

「ギャーッ！」

天女が右腕に抱えている猪の亡骸《なきがら》を見て、見初たちは悲鳴を上げた。ちなみに左腕には、ぐったりとした雷訪が抱えられている。

「うるさいですわね。これは私たちの夕食ですわ」

「し……失礼しました」

天女にジロリと睨まれて、頭を下げる。

「……それで、あなた方は何故勝手に上がり込んでいますの？」

「この部屋には雷訪と風来が一緒に住んでいるんです」

見初が説明すると、天女は不服そうに鼻を鳴らした。

「何を仰っていますの？　こちらは今日から私と雷訪様の愛の巣となるのです。間抜け面の狸など邪魔ですわ」

どうやらここに住み着くらしい。風来は突然の宣言にうろたえた。

「ま、待ってよ。急にそんなことを言われても……」

「いいからとっとと出て行ってくださいまし。そこの小娘たちもですわ！」

取り付く島もなく、見初たちは部屋からつまみ出されてしまった。

経緯を知らない天樹が目をぱちくりさせている。

「……もしかしてあの女の人、雷訪の奥さん？」

「はい。これには込み入った事情がありまして……」

何とか持ち出せたゴミ袋を抱えながら、見初は小さく溜め息をつく。

「オイラ、今日からどこで暮らせばいいの？」

そして見初の足下では、問答無用に住まいを追い出された風来が呆然としていた。

そして数時間後の夕食時。

「むっふっふ。雷訪様のために、丹精込めて作りましたの。たくさん召し上がってくださいね」

「ヒギャーッ！」

テーブルコンロの上でぐつぐつと煮えたぎる大鍋を見て、雷訪は恐れおののく。

毒々しい紫色の煮汁の中で、猪の頭部が他の部位や野草とともに煮込まれていたのだ。

「はいどうぞ、雷訪様」

「アリガトウゴザイマス……」

雷訪は頬を引き攣らせながら礼を言った。

懲役三年。見初から言われた言葉が、頭の中でリフレインする。

「ささっ。冷めないうちに早く召し上がってくださいまし。それとも……召し上がりたくないとでも？」

天女の目がすっと細まる。

「そ、そのようなことはございません。とても美味しそうですぞ！」

覚悟を決めた雷訪はぐっと息を止めて猪の肉を頬張ると、「むぐっ」と声を漏らした。

「これは……っ！」

予想していた血生臭さは感じられず、噛めば噛むほど濃厚な旨みが溢れる。脂身は蕩《とろ》けるように甘く、煮汁は肉の旨みと野草の風味が溶け込んでいた。

見た目からは想像がつかないほど、上品な味わいに仕上がっている。

「思ったより美味しいですぞ」

「……思ったより？」

「あ、いえ。想像通りの美味しさですな！」

「そうでございましょう？　私の得意料理の一つですの。他には熊の煮込みや、鹿の煮込み、アライグマの煮込みなどがございます」

煮込みしかレパートリーがないようだ。

「ですがこれは、頭が一番美味ですのよ。このようにいただくのです！」

天女は大口を開けると、猪の頭にかぶりついた。頭蓋骨を噛み砕く音が室内に響き渡る。

雷訪が言葉を失っていると、

「さあ、雷訪様もご一緒に」

「えっ。わ、私は遠慮させていただこうかと……」

「明日の晩は狐の煮込みでも作ろうかしら」

天女が鋭い視線を雷訪へ向ける。

「美味しそうな頭ですな。それでは私も遠慮なく！」

迷いを振り切った雷訪は、猪の頭部に思い切りかぶりついた。骨が牙に当たって痛い。

「美味しゅうございますね、雷訪様」

「そうですな。うぅ……」

満足そうに微笑む妻に、夫は半泣きになりながら頷いた。

◆　◆　◆

そして悪夢の夫婦生活が始まって五日後。

「雷訪……天女様にちょっと似てきたね」

まじまじと雷訪を見た見初は、怪訝な顔で感想を述べた。

ちんまりと可愛らしいフォルムだった体には贅肉《ぜいにく》がでっぷりとつき、首周りが太くなったせいでスカーフも巻けない有様だった。

「雷訪が激太りしちゃった！」

たった数日間で大きな変貌を遂げた相棒に、風来はオブラートに包まずに言った。

「失礼なっ。あの天女に比べたら、私などまだまだスリムなほうで……」

「えいっ」

精一杯の虚勢を張ろうとする雷訪を、風来が突き飛ばす。丸々と太った体はころんと倒れ、どこまでも転がっていく。

「お助けを～」

自分で起き上がることすらままならないようだ。

見初と風来に救出された雷訪は、自分の腹を擦りながら嘆いた。

「天女の作る料理を食べていたら、こんな体になってしまいましたぞ」

「だけど天女様のご飯って美味しいんでしょ？　いいなぁ」

見初の発言は嫌みではなく、本心から出た言葉だった。雷訪たちの部屋を通りかかる度に、食欲をそそる匂いがしていたのである。

「……幸せ太りってやつ？」

「幸せではありませんぞ！」

風来がぼそりと呟くと、雷訪は即座に否定した。

「確かに味は絶品なのですが、毎食腹がはち切れそうになるくらい食べさせられるのです！　ベッドで一緒に寝ていても、天女の寝相が悪過ぎて床に落とされてしまいますし……！　風来、一日でいいから私と代わってください！」

雷訪は自らの過酷な状況を切々と語り、相棒にすがりついた。

「やだよ！　ていうか、オイラだって肩身の狭い思いをして大変なんだぞ！」

行き場を失った風来は、現在冬緒の部屋に身を寄せている。しかしベッドで寝かせてもらえず、毛布だけ与えられて床で寝る日々を送っていた。

「そこを何とか！　……はっ、見初様。先ほど天女の料理を食べたそうにしておりましたな？」

「いやいや、私は雷訪の代わりになれないよ⁉」

思いがけない形で白羽の矢が立ち、見初が首を横に振っている時だった。

「あ。いたいた、時町《ときまち》さん」

丁寧に折り畳んだ白い布を抱えた天樹が、見初に声をかけてきた。

「頼まれていたものが完成したんだけど……」

「ほんとですか？　よかったね、雷訪。これで天女様も帰ることが出来るよ」

「その時はオイラも部屋に帰れる！」

しかし歓喜する見初と風来に、天樹は気まずそうに一言。

「……ごめん」

「天樹さん……？」

「頑張って縫い合わせてみたんだけどね」

そう言いながら抱えていた布を、静かに広げる。

雷訪によって無惨に切り刻まれた羽衣は、どうにか形だけは復元出来ていた。だが全体的に縫い目が荒く、非常に残念な仕上がりとなっている。

「生地がすごく薄くて、ほんの少し力を込めるだけで破れそうになるんだ。なるべく縫い目が目立たないように、白い糸を使ったんだけど……」

やはり天女の羽衣だけあって、特殊な生地を使用しているのだろう。目の下に出来た青白いクマから、天樹の苦心が窺い知れた。

だが出来映えの悪さはどうあれ、着物の形態は取り戻せたのである。見初たちは早速持ち主に見せることにした。


「ああ。私の羽衣が……このような見てくれになってしまって……」

裏山で狩猟の最中だった天女は、握り締めていた鉈《なた》を滑り落とした。

「綺麗に直すことが出来なくて、申し訳ありません……！」

「いいえ。ここまで修繕してくださってありがとうございます……」

頭を下げて謝罪する見初に礼を言うものの、その声には覇気がなかった。

「ねえねえ。これで、空を飛べるようになるかな？」

重苦しい空気を読まずに、風来が疑問を口にする。

「そうですわね……ちょっと試してみますわ」

天女は見初から受け取った羽衣を纏うと、その場で軽くジャンプした。すると、羽衣がにわかに虹色の光を帯び始める。

そして天女の巨体が十センチほど浮かんだ。

「あっ、すごい！　浮いてますよ！」

「その調子だよ！　どんどん上を目指して！」

「あなたなら行けますぞー！」

見初たちの声援を受けながら、天女が「どりゃーっ！」と空に向かってクロールのような手の動きを繰り返す。

だがしかし、一向に高度が上がらない。やがて羽衣の光が消えると、天女の体はどすんっと地面に落下してしまった。

「ぐふっ」

「だ、大丈夫ですか、天女様？」

「やはりこの状態の羽衣では飛ぶことが出来ませんわ……」

天女はガクリと肩を落とした。するとその様子を見ていた風来が目を輝かせながら、

「オイラもそれ着てみてもいい？　ちょっとでもいいから浮いてみたい！」

「いいですわよ。もう使い物になりませんし……」

天女に無造作に放り投げられた羽衣を、風来はいそいそと頭に被った。すると羽衣が再び光を帯びて、風来の体が浮かび始める。

「すごい、すごーい！」

「よかったね、風来。……あれ？」

天女の十センチという記録をあっさり塗り替え、見初の目線ほどの高さまで上がっても

勢いが止まらない。あっという間に見初や天女の背丈を通り越してしまった。

「助けてぇぇぇっ‼」

風来の悲鳴が山中に響き渡る。

「ふ、風来！　雷訪、網に変身して！」

「分かりましたぞ！」

見初は雷訪が化けた虫取り網を構えると、何とか風来の捕獲に成功した。羽衣を急いで剥ぎ取ると、光を失ってばさっと地面に落ちる。

「…………」

気まずい空気が流れる中、雷訪が禁断の一言を放つ。

「天女様ももう少し痩《や》せれば、飛べるようになるかもしれませんな……」

「こらっ！」

すかさず見初が叱り付ける。その横では天女がぷるぷると体を震わせていた。

「お黙り、このチビ狐っ‼　その狸があまりにも小さいから、不完全な状態の羽衣でも飛べただけですわ！」

野太い怒声が空気をびりびりと振動させる。

「もうやってられませんわ！　私だって本当はこんなチビで、知性の欠片もない狐との結婚なんて嫌ですわよ！」

天女は本音を吐露すると、次の瞬間信じられない行動に出た。地面に放置されたままだった鉈を拾い上げ、雷訪へ襲いかかったのだ。

「お前なんて、狐鍋にして食ってやりますわ‼」

「お、落ち着いてください、天女様！」

怒り心頭の天女を鎮めつつ、見初は一人の人物を思い浮かべていた。


「……というわけなんです」

「なるほど。雷訪くんも大変ですね」

「柳村《やなむら》さん、羽衣を直してくれる人をご存じありませんか？」

見初から相談を受けた柳村は、束の間考えてから語り始めた。

「そういうことでしたら、心当たりがあります。とある山の機織《はたお》り職人を訪ねてみるとよいでしょう」

「機織り職人……ですか？」

「はい。妖怪たちの着物をあつらえているそうです。その方でしたら、何か力になってくれるかもしれません」

柳村に預かった地図を頼りに、見初はその機織り職人に会いに行くことにした。

「この山に機織り職人がいらっしゃるなんて、初めて聞きましたわ」

天女がのしのしと山道を歩きながら呟く。その職人が暮らす小屋は、彼女がいつも水浴びをしていた泉の近くにあるらしい。

「えーと……ここを右に進みます」

見初が地図を確認しながら進んでいき、天女がその後に続く。

すると、仄《ほの》かな花の香りが風に乗って漂ってきた。さらに進んでいくと、色とりどりの花畑に囲まれた小さな小屋に辿り着く。

「こちらみたいですね……」

見初が小屋の引き戸を数回ノックすると、静かに開いた。

「いらっしゃいませ。……おや？　人間のお客様なんて珍しいですね」

出てきたのは、鶴を模した仮面を被った妖怪だった。細身の体に白い着物を纏っているが、腰から下は鳥の姿をしている。

「あの……あなたが機織り職人さんでしょうか？」

「はい。こちらでひっそりとやらせてもらっています」

職人は頭に手を添えながら軽く会釈をした。

「それで、本日はどのようなご用件でしょうか？」

「こちらの方の着物を修繕していただきたいんです」

見初の言葉に合わせて、天女は柔和な笑みを浮かべながらお辞儀をした。

「あなたは……いいえ。何でもありません。どうぞ、中へお入りください」

職人は何かを言いかけたが、何事もなかったように二人を小屋へ招き入れた。

こぢんまりとした小屋の中には、巨大な機織り機が置かれていた。黒地に薄紅色の桜を散らした春らしい意匠の布地が途中まで織られていて、ちょうど作業中だったことが窺える。

「他にも色んな布がありますね。あの扇みたいな模様は……何でしたっけ。扇文様？」

「青海波《せいがいは》ですわね」

「何か強そうな名前ですね。あっ、椿の模様もありますよ！」

「それは椿ではなく山茶花《さざんか》ですわよ。椿に比べて花の形が平たく咲いていますし、葉も縁がギザギザですわ」

見初のあやふや知識を天女が次々と修正していく。

と、作業台の傍らに置かれた木箱が見初の目に留まる。箱には蓋がされていたが、その隙間から謎の光が漏れていた。

「もしかして、光る布も織られているんですか？」

「あれは布ではなくて……よろしければ、ご覧になりますか？」

「是非見てみたいです！」

ここに来た目的を忘れて、見初は即答する。

「では、どうぞ」

職人が蓋をぱかっと開けた。

「どれどれ……ギャアッ！」

中身を覗き込んだ見初は、天女の背後にささっと隠れた。七色に光る細い芋虫が大量に飼育されていたのである。

職人は「驚かせてしまい、すみません」と前置きしてから、解説を始めた。

「この芋虫は、栲幡千々《たくはたちぢ》白虹丸《はっこうまる》という蚕《かいこ》です。この蚕から採取した生糸はとても上質で、七色の光沢を持つ絹を織ることが出来るんです」

「た、たくはた……？」

名前を覚え切れず、見初は目を瞬かせた。

「栲幡千々というのは、機織りの女神の名が由来となっております」

「長くて呼びにくいですわね。こいつらなんてレインボー丸で十分ですわ」

天女が勝手に改名してしまったところで、いよいよ本題に入る。

見初が持参した羽衣を差し出すと、職人は愕然とした。

「こ、これは……もしや天女の羽衣ですか？」

「はい。色々あって、こんなことになってしまったんです。あなたなら直せるかもしれないと思ってお訪ねしました」

「そうでしたか……」

職人は天女の方に顔を向けると、俯いて黙り込んでしまった。

どうも雲行きが怪しい。見初は祈るような気持ちで、「やはり難しいでしょうか？」と尋ねた。

「それはまあ、何とかなりますが……」

「なりますの⁉」

職人がぼそっと口走った言葉に、天女が即座に聞き返す。すると職人は、はっと我に返ったように、

「い、いえ。私にはどうすることも……」

「今、何とかなると仰いましたわよね⁉　この耳でしっかりと聞きましたわよ！」

「うっ……」

「お願いします！　このままだと天女様が天に帰れないんです！」

天女に問いただされてたじろぐ職人に、見初も頼み込む。ここまで来て、簡単に引き下がるわけにはいかなかった。

「そう仰られましても……」

「三年かかっても構いませんから！」

粘り強く説得を続けると、とうとう職人が折れた。

「……分かりました。私に出来ることでしたら」

「ありがとうございます……！」

表情を輝かせる見初だが、職人は「ですが」と硬い声で言葉を続ける。

「天女の羽衣は、特別な材料と製法であつらえたもの。修繕するためには木花咲耶姫《このはなさくやひめ》の涙が必要となります」

「涙ですか？」

「はい。正確には涙に込められている神気です。あれがなければ、たとえ羽衣を元通りに直せたとしても、飛ぶことは出来ないでしょう」

羽衣に視線を落としながら説明する職人に、天女が必死の形相で詰め寄る。

「女神の涙なんて、おいそれと手に入るものではありませんわ！　何とかなりませんの⁉」

「こ、これればかりはどうにもなりません。申し訳ありませんが諦めてください」

「くっ……」

万事休す。天女が力なく床に伏した時だった
「……その女神様なら、うちに何度かお見えになったことがありますね」

暫《しば》し沈黙していた見初が、思い出したように口を開いた。

「は？」

「咲耶姫様は、ホテル櫻葉のご常連なんです」

天女と職人の目が点になる中、見初はその理由を語った。

天女を小屋に残し、見初だけホテル櫻葉に戻ると、ロビーで白い着物を着た老人が「おーい」と手を振ってきた。雨神《あめがみ》である。

「いらっしゃいませ。お泊まりになっていたんですね」

「うむ。春限定の酒をいただこうと思ってのぅ」

明るいうちから一杯やっていたのか、顔がほんのりと赤く酒臭い。しかし、きちんと受け答えが出来ているので、見初は咲耶姫について訊《き》いてみることにした。

「雨神様、木花咲耶姫様がどちらにいらっしゃるかご存じですか？」

「このはな……さっちゃんのことじゃな。どうしたんじゃ？」

かくかくしかじか。見初が事情を話すと、雨神は顎《あご》を擦りながら天井を仰いだ。

「むむ……そりゃ困ったわい」

「こちらから訪ねるのはやっぱり難しいですか？」

「いや、そこは問題ないんじゃが……さっちゃん、泣いてくれるかのぅ」

雨神がそう懸念するのも無理はなかった。

木花咲耶姫。

薄紅色の髪と透き通るような白い肌を持つ、人形のように整った顔立ちの女神だ。

そしてその見た目とは裏腹に、とてもドライな性格でもある。

「夫に不貞を疑われて、自分たちの子だと証明するために火中で出産するような女神じゃもん。ちょっとやそっとじゃ、涙なんぞ流さんぞぃ」

「そうですよね……」

ここに来て難題に直面して、見初は頭を抱える。

そして悩みに悩んで一つの方法を思い付いたものの、成功する確信はなかった。


雨神は自分の雲に見初を乗せると、とある神社へと出向いた。

「こちらの神社に咲耶姫様がいらっしゃるんですか？」

眼前に聳《そび》え立つ石の鳥居を見上げながら、見初が質問する。

「ここはあくまで入り口じゃよ」

そう言いながら雨神が鳥居をくぐると、その姿がぱっと消えてしまった。

「あれ？　雨神様⁉」

「鈴娘、そなたも早く来るんじゃ」

鳥居の手前ににゅっと浮かび出た腕が、こっちこっちと手招きをしている。どうやらこの先は、別の空間に繋がっているようだ。

「お、お邪魔します……」

見初も恭《うやうや》しくお辞儀をして、恐る恐る鳥居へ足を踏み入れた途端、周囲の景色が一変する。

豪奢《ごうしゃ》な造りをした御殿の前で、見初は立ち尽くしていた。周囲には山吹色の菜の花が咲き乱れ、モンシロチョウたちが優雅に舞っている。

「鈴娘、行くぞぃ」

「は、はい」

雨神に声をかけられて我に返った見初は、ぎこちない所作で御殿へと進んで行った。

「そなたは確か『ほてる』の娘であったな。人間がこの地を訪れるなど、何百年ぶりであろうか……まあよい。わらわの御殿によくぞ参ったな」

見初たちを出迎えた咲耶姫は、音を立てずに両手を軽く叩いた。すると、見初の目の前に花柄の湯飲みが現れる。

中身は桜の花びらが数枚散らされた甘酒だった。優しい香りと、湯飲みから伝わる温かさに自然と笑みが零れる。

「まずはそれでも飲んで、一息つくとよい」

「ありがとうございます、咲耶姫様」

見初は礼を言って、湯飲みに口を付けた。生姜のすりおろしも加えられているのか、とろりとした甘みの中に爽やかな風味を感じる。

見初は甘酒をあっという間に飲み干すと、ここにやって来た目的を語り始めた。初めのうちは無表情で耳を傾けていた咲耶姫だが、次第に怪訝な表情に変化していく。

「……つまり、わらわに泣けと申すのか？」

「不躾なお願いをしてしまって、本当に申し訳ありません……」

今すぐ叩き出されても文句は言えない。見初は半ば諦めていたが、咲耶姫は寛容な女神だった。

「いや……そのような事情では仕方なかろう。そなたに非はない」

「咲耶姫様……」

「しかし、無理だな。私は生まれてこの方涙を流したことがない」

咲耶姫がふるふると首を横に振ると、雨神が会話に加わった。

「さっちゃんが泣いた話なんぞ、ワシも聞いたことがないからのぅ」

「悲嘆に暮れている暇があったら、とっとと問題解決に動いたほうがよいからな」

「そりゃそうじゃけど……」

相槌を打ちながら、雨神が見初へと目配せをする。それを合図に、見初は深呼吸してから秘密兵器を取り出した。

「……咲耶姫様、こちらをお読みになってください」

表紙に少年と犬が描かれている絵本を差し出す。

「何だ、この本は。フ、フラ……フラダンス……の犬？」

「大体合ってます」

「ふむ、異国の童話か。実に面白い……」

咲耶姫はタイトルを誤読したまま、ページを捲《めく》り始める。

世界の名作の力を借りる。それが見初が立てた作戦だった。

「のぅ、鈴娘。流石にこれは無理だと思うんじゃが」

「やっぱりそうですよね……」

雨神の指摘に、見初はどんどん弱気になっていく。

そして十分後。

「うっ、うぅっ。ネロとパトラッシュ……来世では幸せになっておくれ……」

ドライな女神の頬に大粒の涙が伝う。むせび泣く咲耶姫を目の当たりにし、見初は戸惑いを隠せずにいた。

「感極まってますね……」

「子育ての神じゃからのぅ。さっちゃんの琴線に触れたのかもしれんな」

顎を擦りながら雨神が冷静に分析する。

「咲耶姫様、今涙をもらってもいいですか？」

「うっ、えぐっ。うぅ……っ」

「失礼しますね」

見初の声も届いていないようなので、勝手にスポイトで採取させてもらった。

何はともあれ、ミッションクリアである。


その頃天女は、千切りにしたキャベツをレインボー丸たちに与えていた。品種改良によって生まれた彼らは、桑の葉ではなくキャベツを好むのだという。

「ふふふ。いっぱい食べて早く育ちますのよ」

一心不乱に食べ進める七色の蚕を眺めていると、機織り職人が近付いてきた。

「世話を手伝わせてしまってすみません」

「このくらい大したことではありませんわ。ねえ、お前たち？」

天女が自分の手のひらにレインボー丸を載せて微笑んでいると、引き戸を数回叩く音が聞こえてきた。

「お待たせしました、天女様。咲耶姫様の涙をいただいて来ましたよ！」

訪問者は見初だった。目を輝かせながら、雫が少量入った小瓶を二人に差し出す。

「よっしゃあっ！　よくやりましたわね、見初様！」

天女が両腕でガッツポーズを決めて歓喜する。一方職人は、動揺した様子で見初に問いかけた。

「さ、咲耶姫が泣いた……？　それは本当ですか？」

「はい。雨神様と一緒に、お願いしてきました」

「そう、ですか……」

職人は声を震わせながら、作業台の椅子に背中を丸めて座り込んだ。

「さあ、羽衣を直してくださいますわよね？」

「……はい。早速取りかかりましょう」

天女に発破をかけられると、職人は諦めたようにゆっくりと立ち上がり見初から小瓶を受け取った。

「糸を準備しますので……」

そう言い残して奥の部屋に向かい、見初と天女だけが残される。

「私はそろそろ帰ります。天女様は……」

「こちらに残りますわ。あのチビ狐とは、もう顔も合わせたくありませんもの」

ふんっと鼻息を荒くして天女が言う。

「で、では失礼しますね。……それと、天女様にお伝えしたいことがあるんです」

◆　◆　◆

職人が羽衣の修繕を行っている間、天女はレインボー丸たちの世話だけではなく、家事も一手に引き受けていた。

「美味しい。こんなに美味しいご飯を食べたのは久しぶりです」

「あなた、いつも何を召し上がっていましたの？」

「……機織りで忙しいので、普段は木の実で済ませていました」

「道理で台所を使った形跡がないわけですわ。暫《しばら》くは毎食私が作りますから、しっかりと召し上がってくださいまし」

そして時間は流れ、気が付けば一ヶ月が経とうとしていた。

満月が美しい夜のこと。天女は静かな声で尋ねた。

「修繕してくださった羽衣はどこにありますの？」

「遅くなって申し訳ありません。思ったよりも手こずっていまして……」

「嘘おっしゃい。もう出来上がっているのは、分かっていますのよ」

天女は職人の弁明を遮るように言い切る。しかし言葉とは裏腹に、声はとても穏やかだった。

職人は暫し右往左往していたが、やがて意を決してひれ伏した。

「確かに羽衣はとっくに修繕が済んでおります。ですが、あなたにお渡しすることは出来ません。ですから……」

「………」

「私と、夫婦になってください」

その言葉に、天女は一瞬目を見開いてから、

「……私を好きだと仰るの？」

「以前、あなたが水浴びをしているところを見て、一目惚れいたしました」

職人が頭を掻きながら答えると、天女は唇を尖らせた。

「でしたら、どうして羽衣を持ち去ってくださらなかったの？」

「持ち去る勇気がありませんでした。……私はいくじなしなんです。羽衣の修繕だって、本当はしたくなかった。あれさえなければ、あなたは誰のものにもならないと思ったんです。だからあんなつまらない嘘までついて……」

「咲耶姫の涙のことですわね？」

職人が無言で頷くと、天女は呆れたように溜め息をついた。

「あんなもの必要ないと、とっくに気付いていましたわ」

「えっ⁉」

驚いて顔を上げる職人に、種明かしをする。

「咲耶姫は今まで涙を流したことがなかったと、見初様が教えてくださいましたもの」

「あの方が……」

「そんなことより」

天女は職人をまっすぐ見据えて問いかける。

「どれだけあなたが愛してくださっても、三年経てば私は天へ帰らなくてはなりません。……それでもよろしいの？」

「……承知の上です。限られた時間の中で、あなたを幸せにしてみせます」

職人は囁《ささや》くように語りかけ、天女の手を握り締めたのだった。


さて、ここからは余談となる。

晴れて天女と職人は夫婦となり、二人の子供を儲けた。

しかし、幸せな日々は長く続かない。あっという間に三年の月日が流れて、とうとうその日を迎えてしまう。

後ろ髪を引かれる思いの中、職人はずっと隠し続けていた羽衣を天女へ差し出した。

「綺麗に直してくださってありがとうございました。これで天へと帰ることが出来ますわ」

羽衣を纏った天女は、目を潤ませながら礼を述べると地面を軽く蹴った。

七色の光を帯びた羽衣が、天女を天へと運んでいく。

「うぇーん、ちゃーちゃーん！」

「ほぎゃあ〜、ほぎゃあ〜！」

泣き叫ぶ幼い子供たちを、職人は啜《すす》り泣きながら強く抱き締める。別れは三年前に覚悟していたが、それでも涙を堪えることは出来なかった。

「今までありがとう。……さようなら」

いつまでも空を見上げていると、もしかしたら戻って来てくれるのではと淡い期待を抱いてしまい、一層心が痛む。職人は子供たちを連れて小屋の中に戻った。

しかしその翌日。

「ただいま帰りましたわ。あ。これ、お土産の高天原《たかまのはら》まんじゅうですわ」

自由気ままな天女は周囲の反対を押し切り、掟を破って地上に舞い戻って来たのだった。

第四話　茶会への誘い

「お前とこうして手合わせをするのは久しぶりだな、外峯《そとみね》」

椿木《つばき》家の当主である椿木紅耶《こうや》は、にこやかな表情で銀将を斜め右のマスに置いた。パチンと小気味のよい音が響く。

外峯は将棋盤をじっと見下ろした。戦局は圧倒的にこちらの有利だが、流石に上司相手に完勝するわけにもいかない。

次の一手を考えあぐねていると、紅耶が肩を揺らして笑う。

「お前のことだ。私にどうやって負けようかと考えているのだろう?」

「いえ。そのようなことは……」

「これは遊びなのだ。もっと肩の力を抜いて打てばよい」

「では、失礼します」

ここで手を抜くことは無礼と判断し、小さな音を立てながら駒を動かす。すると紅耶は「以前よりも腕を上げたな」と感心したように言った。

「お褒めいただき恐縮でございます」

上司の賞賛を受けて、外峯は頭を下げる。

「しかし、いよいよ追い詰められてしまったな。これはどうしたものか……」

盤上を睨みながら唸《うな》っていた紅耶だが、ふと思い出したかのように話題を振ってきた。

「ああ。そういえば、彼女のことなのだが」

「彼女？」

「時町見初《ときまちみそめ》のことだ」

紅耶は桂馬に指を置きながら、外峯の疑問に答えた。

「彼女の能力は実に素晴らしい。あれの前では、椿木家の陰陽師たちも形無しだった」

「……はい」

以前の失態を蒸し返されているようで決まりが悪い。外峯は視線を合わせず肯定した。

しかし紅耶は意に介した様子もなく、こう続ける。

「だが、どこか危うさもあるとは思わんかね？」

「彼女には冬緒《ふゆお》がついております。ご心配には及ばないかと」

「そうだったな。万が一暴走したとしても、彼がいれば何とかなるか……」

「……何を仰りたいのですか？」

「単なる独り言だよ。忘れてくれ」

紅耶は外峯の問いかけを軽く受け流すと、ようやく桂馬を移動させた。

やられた、と外峯は瞬時に敗北を悟る。たった一手で、あっという間に形勢が逆転してしまったのだ。

思わず顔を上げると、悠然と構える紅耶と目が合う。途端、背筋に冷たいものが走った。

「外峯。お前の番だ」

穏やかな声で促されて、どうにか次の策を練る。しかしそこからは一方的に追い詰められていき、外峯は潔《いさぎよ》く投了したのだった。

◆　◆　◆

「これ、ちょっとピリッとしてて美味しいですね。つけ汁じゃなくて葉っぱ自体が辛いのかな？」

その日、夕食に出されたお浸しを食べた見初は首を傾げた。

「わさび菜だよ」

冬緒は一口食べてその正体に気付く。

「子供の頃苦手だったんだよな……」

「そうなんですか？」

見初は味を確かめるように、お浸しを口へ運んだ。舌をビリビリと刺激するほどではなく、むしろこの辛みが病みつきになる。マヨネーズで和《あ》えても美味しいかもしれない。

「火を通しているから少し和らいでいるけど、生のわさび菜はもっと辛いんだよ」

「それじゃあ、小さな子はちょっと苦手かもしれませんね」

「あとはウドとか蕗《ふき》のとうとか……春になると、そういうのばっかり出てくるから嫌だったな」

冬緒はしみじみと語り、深い溜め息をつくと、どこか自慢げに続けた。

「まあ今は普通に食べられるけどな」

「だったら、今度何か作ってあげますよ！」

「えっ……」

あからさまに頬を引き攣《つ》らせる冬緒に、見初は少し悪戯心《いたずらごころ》が芽生えた。

「あれ、食べられるって言いましたよね？　嫌ならいいんですけど……」

「いや、食べます食べます！　だから作ってくれ！」

恋人の手料理を食べられる絶好の機会。逃してなるものかと、冬緒が食い下がる。

その必死さに、見初は思わず吹き出しそうになった。

「分かりました。それじゃあ、美味しそうなレシピを探しておきますね」

「ありがと。楽しみにしてるな」

冬緒は頬を緩めた後、少し考え込んでから、

「……そういえば、最近あの力を使ってないんだな」

「はい。……使う必要もありませんし」

見初は箸を止めて、自分の手に視線を向けた。

「出来ればこのまま使わないでいられたらいいんですけど……そうすれば、暴走する心配もないわけですし」

「そうだな。でもさ、何かあったら俺が止めてやるから」

「……ありがとうございます」

だが、この力のせいで椿木家に目をつけられてしまったのだ。何かあれば、冬緒が全ての責任を負うことになっている。

それが怖くて、能力を使わないように意識していた。


そしてその翌日の夕食時。

「冬緒さん、早く食べないとご飯冷めちゃいますよ」

「…………」

「おーい冬緒さーん」

「ん？　ああ、どうした？」

取り繕うように訊《き》いてきた冬緒に、見初は呆れたように溜め息をつく。

今日一日、ずっとこんな調子だ。昼間もちょっとしたミスを連発して、永遠子《とわこ》から注意を受けていた。

「どうしたじゃないですよ。さっきから全然箸が進んでないじゃないですか」

「あー……」

「何かあったんですか？」

見初が尋ねると、冬緒は暫《しばら》く唸ってからようやく一言。

「あとでちょっと相談したいことがあるんだ」

というわけで、見初は食後冬緒の部屋にお邪魔したのだった。

「今日、これが届いたんだよ」

冬緒から手渡されたのは、白い和紙の封筒だった。端正な筆字で宛先が書かれている。

しかし裏面の送り主の欄を見て、見初はぎょっと目を見張った。

『椿木　紅耶』

「紅耶さんって……確か椿木家のご当主ですよね」

「そう。今度、お前と二人でお茶を飲みに来ないかってさ」

「わ、私も？」

見初は怪訝《けげん》な顔で自分を指差した。

「紅耶様はお前の力に興味を持っていたからな」

「昨日あんな話をしていたから、変なフラグが立っちゃったんですかね」

見初が溜め息混じりに言うと、冬緒はがっくりと肩を落とす。

「だけど、どうやって断ろう……」

「やっぱり行かないほうがいいですかね」

その呟きに、見初は同調するように頷く。

「だってお前のこともあるけど、元々本家とは関わりたくないし」

「ですよね……」

二人で思い悩んでいると、コンコンとドアをノックする音がした。冬緒が出迎えると、訪問者は永遠子だった。本日不調だった冬緒の様子を見に来たらしい。

「あ、見初ちゃんも来てたのね。……お邪魔だったみたい」

「ま、待ってください、永遠子さん！」

引き返そうとする永遠子を見初が引き留め、冬緒が手紙の件を説明する。

「紅耶様が……？」

「絶対何か裏があると思うんだ」

目を丸くする永遠子に、冬緒が腕を組みながら言う。

「永遠子さんはどう思いますか？」

「そうね……」

意見を求められた永遠子は瞼《まぶた》を閉じて思案していたが、目を開くと思い切った提案をした。

「いいじゃない。二人とも行って来たら？」

「と、永遠子さん？」

見初が戸惑いの声を上げる。

「見初ちゃんのことは冬《ふゆ》ちゃんに任せるってことで、紅耶様も納得されていたでしょ？お茶会に来いってだけだもの。深い意味なんてないと思うけど」

「いや。でも、見初にもしものことがあったら……」

「そこまで警戒しなくてもいいんじゃない？　いくら何でも、そんなに酷いことをするとは思えないし」

なおも渋る冬緒に、永遠子が落ち着いた口調で語りかける。それを聞いていた見初も、乗り気になり始めていた。

「そうですよね……うん。やっぱり行きましょうよ、冬緒さん」

「見初、お前まで……」

「こんなの単なるお茶会ですって」

それに、これを機に冬緒と椿木家の関係が良好になるかもしれない。見初がそう楽観的に考えていると、永遠子の目が鋭く光った。

「いいえ、これは単なるお茶会じゃないわ。いわば婚前のご挨拶よ！」

「婚前っ⁉」

顔を真っ赤にして固まる冬緒をよそに、永遠子は呆れたような口調で続ける。

「あなたたちの関係も根掘り葉掘り聞かれることになると思うわ」

「な、何かちょっと恥ずかしいですね……」

「そんな悠長なことなんて言っていられないわよ」

満更でもない様子の見初の両肩を掴み、永遠子は言い聞かせるように告げる。

「嫁としての教養と技量が試されるわよ、見初ちゃん」

「は、はいっ」

ただお茶とお菓子をご馳走になって帰るつもりだった見初は、永遠子の言葉にコクコクと頷いた。そして神妙な面持ちで、冬緒に向き合う。

「冬緒さん、私、頑張りますね」

「ちょっと待て。俺は行くなんて一言も……」

「いいところを見せてきなさい、冬ちゃん」

「……………」

発破をかけられて腹が据わったのか冬緒が力強く頷くと、永遠子は張り切った様子で立ち上がった。

「早速準備をしなくちゃ！　見初ちゃん、自分の着物は持ってる？」

「着物？」

ぽかんと口を開ける見初に、冬緒が当然のように言う。

「そりゃ茶会なんだから、それに見合った服装で行かないとな」

「ちょ、ちょっと待ってください。そもそも私、着物なんて着たことがないです！」

「成人式の時に着なかったのか？」

「動きづらそうだから、スーツで出席しました」

見初は首を横に振りながら答えた。と、ここで冬緒は重大な問題に気付く。

「もしかして茶会に参加したことも……」

「ないです。冬緒さんは？」

「俺は子供の頃、よく出席していたけど……」

「ど、どうしよう。私だけ何も知らない！」

見初が自分の無知ぶりに焦っていると、救世主がその肩を叩いた。

「そんなに心配しなくていいわよ。着物なら私が貸してあげるし、茶会での作法も教えてあげるわ」

「うぅ。永遠子さん、ありがとうございます……」

「お茶会の日取りもまだ先でしょ？　ゆっくり覚えていけばいいわ」

しかし、その考えは甘かった。

「茶会の日程なんだけど、来週の日曜日なんだ……」

「………」

少し気まずそうに申告する冬緒に、永遠子が絶句する。見初はその横顔を見て戸惑っていた。

「一週間もあれば、大丈夫ですよね？　……ね？」

「……間に合うかしら」

「永遠子さん？」

その呟きに、見初の不安が加速する。

「あ、だ、大丈夫よ。私がちゃんと教えてあげるから」

「でも今、間に合うかしらって」

我に返った永遠子が取り繕うが、見初は完全に弱気になっていた。

「任せて。何が何でも間に合わせてみせるわ」

永遠子は自分に言い聞かせるように、語気を強めて宣言した。


「どうですか、永遠子さん？」

翌日の夜。若草色の色無地に身を包んだ見初は、そわそわした様子で永遠子に尋ねた。

「とっても似合ってるわよ。締め付けは苦しくない？」

「はい。だけど、ちょっと動きにくいです……」

「そのうち慣れるわ。それじゃあ、始めましょうか！」

永遠子が茶会の訓練場として選んだのは、普段は使われていない寮の空き部屋だった。四畳半の和室には、既に茶道具一式が用意されている。

「永遠子さん、たった一日で道具を全部揃えたんですか？」

「ううん。ほとんど私の自前。親戚の茶会に時々参加しているの」

永遠子はそう言いながら、小さなポーチのようなものを見初に差し出した。

「これは帛紗《ふくさ》ばさみ。茶道で必要な道具がこの中に入っているの」

「色々入ってますね」

まじまじと中身を見る見初に、永遠子が簡単に紹介していく。

「まずこれは、挨拶の時に使う扇子《せんす》ね。この白い紙はお菓子を載せたり、汚れを取ったりする時に使う懐紙《かいし》。こっちの小さな布には、お菓子を食べるための菓子切りが入っているの」

「あ、菓子切りは知ってます。和菓子を買った時に、よくついてますよね」

「そうそう。元々は木製だったけど、今は衛生面を考えてステンレス製のが増えてるのよ」

説明を終えたところで、まずは席入りの練習に入る。永遠子は部屋の入り口付近に立つようにと、見初に言った。

「その辺りに障子や襖《ふすま》があると思ってね。初めに扇子を膝の前に置いて、障子や襖に近いほうの手で半分くらい開けるの。そしたら、反対の手で残りを開けて……」

永遠子の指示に従いながら、見初は席入りから挨拶までの動作を行った。

「どうでしたか？」

「……そうね、八十点くらいかしら」

まずまずの高評価だが、永遠子の眉間にはしわが寄っていた。

「目指すは百点満点よ、見初ちゃん」

「す、すみません」

見初はその気迫に圧《お》されて、深く頭を下げた。

「席入りは後で特訓することにして……次はお菓子のいただき方」

永遠子は上生菓子が盛られた菓子鉢を自分の前に置くと、簡潔に説明しながらお手本を披露した。

その優雅な所作に惚れ惚れしつつ、見初も挑戦してみる。

「えっと、まずは懐紙を畳の上に置いて……」

見よう見まねで、お菓子を懐紙に載せる。

これで合ってるかな。チラリと永遠子を窺うと、厳しい目付きで小さく頷かれる。

ほっとしながら次の行程に移ろうとした時だった。

「そういえば、見初ちゃん」

ふいに声をかけられ、見初は咄嗟《とっさ》に身構えた。

「分かってるとは思うけど、くれぐれも畳の縁には何も置かないようにね」

「はいっ」

分かっていなかった見初は背筋を正して返事をした。そして菓子を載せた懐紙を手に取り、それをじっと鑑賞しなければならない。

求肥《ぎゅうひ》をあんこで包み込み、蜜漬けの小豆をまぶした鹿の子《かのこ》という和菓子だ。そこに白あんで作った薄紅色の花を添えて、春らしさを表現している。

永遠子曰く、その菓子に込められた思いを汲み取るためらしいが、見初は美味しそうという感想しか浮かばなかった。

蜜を纏った小豆たちがてらてらと光っていて……。

ぶすっ。ぱくっ。

懐紙に挟んでいた菓子切りを鹿の子に突き刺し、大口を開けて頬張る。永遠子が丁寧に切り分けて食べていたことなど、すっかり頭から抜け落ちていた。

当然、鋭い怒声が飛んだ。

「こらっ、見初ちゃん！」

「分かってますっ！」

怒られてばかりで早くも疲れてきたが、そんなことを言い出せる雰囲気ではない。見初の正面では、永遠子が真剣な表情で茶を点《た》てていた。シャカシャカと掻き混ぜる音がやけに大きく聞こえる。

「はい、どうぞ」

完成した抹茶が見初の前に差し出される。

「お……お点前《てまえ》頂戴いたします」

そう告げてから碗を手に取り、見初は中を覗き込んだ。

柔らかな黄緑色のお茶には、きめ細やかな泡が立っていた。くんくんと嗅いでみると、上品な香りが漂う。

「わぁ……私、本格的な抹茶を飲むの初めてなんですけど、すごく美味しそうですね」

「ええ。ほんのりと甘みがあって美味しいのよ」

目を輝かせる見初に、永遠子の顔にも笑みが浮かぶ。

「それではいただきます」

見初は正面を避けるように茶碗を回して、嬉しそうに抹茶を啜り、

「ンフッ!?」

その苦みに驚いて噎《む》せてしまった。

「見初ちゃん!!」

再び永遠子の怒声が飛ぶ。心なしか、先ほどよりも顔の険しさが増している。

「ゲホッ、ゴホッ……ごめんなさい。泡立ってたから、クリーミーで甘いのかなって思ってました……」

「……点て方が悪かったのかしら？」

弱々しく弁明する見初に、永遠子も抹茶を一口飲む。

「うん、とっても美味しいわ。ほら、もっとお茶の旨みを味わって！」と自画自賛して、見初に碗を押しつける。

もはや見初に拒否権はなかった。深呼吸して再トライ。

「どう？　まろやかで濃厚な甘みが口の中で広がるでしょ？」

「ただただ苦いです……」

抹茶オレに甘やかされてきた舌は、抹茶本来の旨みを感じ取ることが出来なかった。

「ダメだわ。あまりにも作法がなっていない……」

永遠子は畳に手をついて、力なく項垂《うなだ》れた。

「……やっぱりお茶会に行くのやめようかな」

一方見初も、初日にも拘《かか》わらず心が折れていた。失意の中でぼそりと呟くと、その一言に永遠子が顔を上げる。

「ダメよ。もう行くって返事を出しちゃったんだから、今さら欠席するわけにはいかないわ！」

「でも、私にお茶会なんて無理です！」

「何が何でも間に合わせるって言ったでしょ。私が茶道の精神をみっちりたたき込んであげるから！」

仁王立ちした永遠子の目には、気迫がこもっていた。

「せめて少しだけ休憩させてもらっても……」

「ダメ！　まだ茶器の拝見の仕方も教えていないのよ！」

「そんなこともするんですか⁉」

愕然《がくぜん》とする見初などお構いなしに、永遠子が説明を始める。

「お菓子やお茶をいただくだけが茶道じゃないの。ほら、この棗《なつめ》って容れ物に抹茶が入っているのよ」

「はい……」

見初は死んだ目で、花柄の容器を眺めていた。

と、窓の外から誰かに見られているような気配を感じた。

「……？」

そちらに視線を向けるが、誰の姿もなく暗闇が広がっているだけだった。

「見初ちゃん、よそ見をしない！」

「すみません！」

見初の長きに渡る戦いは始まったばかりだった。


その頃、冬緒の部屋には風来《ふうらい》と雷訪《らいほう》が訪れていた。

「見初姐《ねえ》さんが冬緒の実家に結婚のご挨拶に行くってほんと？」

「そんな話、誰から聞いたんだ⁉」

「従業員の皆さんが噂をしていましたぞ？」

恐らく永遠子が茶会の件を海帆《みほ》辺りに話し、そこから尾ひれがついて広まったのだろう。

冬緒はこめかみに手を当てて、溜め息をつく。

「違う。ただ茶会に誘われただけだよ」

「へ、そうなの？」

「結婚なんてまだ早いだろ」

「まだということは、いずれはご結婚なさるつもりですかな？」

「お、お前たちには関係ないだろ！」

これ以上詮索される前に、冬緒は二匹をつまみ出した。外から「ひゅーひゅー」と冷やかす声が聞こえてくるが無視だ。

そして他の従業員からも質問攻めに遭《あ》うのを想像して、げんなりしている時だった。

「ずいぶんとお気楽なものだな」

背後からの声に振り向くと、いつの間にか白い髪の少年が立っていた。思わぬ来訪者に、冬緒は反射的に後ずさりをする。

少年の正体は碧羅《へきら》。かつて椿木家を襲撃し、永遠子の命をも狙った妖怪である。

「……どうしてお前がここにいるんだ？」

「お前、あの女を連れて椿木家へ出向くそうだな」

「…………」

逆に反問してきた碧羅に、冬緒は警戒心を強めた。どう切り返すか迷っていると、

「いいのか？　奴らは何を企んでいるのか分からないんだぞ」

「……お前は何かを知っているのか？」

「さあな」

「おい、碧羅……！」

焦れた冬緒が詰め寄ろうとするが、廊下から聞こえてきた誰かの悲鳴に遮《さえぎ》られる。思わずドアへ視線を向けた冬緒は慌てて碧羅へ向き直るが、既に彼は去っていた。

「……ふぅ」

安堵《あんど》の息をつき、ドアを少しだけ開けて廊下の様子を窺おうとする。

「助けてください、冬緒さんっ！」

「うわっ⁉」

するると、血相を変えた見初が部屋に飛び込んできた。色無地を着た姿は新鮮でよく似合っているが、ここまで走ってきたようで少し乱れている。

「ど、どうした？　永遠子さんと茶会の稽古をしていたんじゃないのか？」

「これ以上は無理です。許してください」

見初が今にも泣きそうな顔で、かぶりを振る。怯《おび》え切ったその様子に冬緒が困惑していると、お点前の柄杓《ひしゃく》を握り締めた永遠子が廊下から顔を覗かせた。

「ひっ……！」

「やっぱり冬ちゃんのところにいたのね。早く部屋に戻るわよ」

永遠子がちょいちょいと手招きをするが、見初は冬緒の背後に隠れて応じようとしない。両者の間に板挟みとなっていた冬緒が狼狽《うろた》えていると、永遠子は室内に入り込んで見初の襟首を掴んだ。

「さあ、行くわよ」

「やだーっ！　もうあんな苦いお茶なんて飲みたくないっ！」

「見初ちゃん、往生際が悪いわよ！」

見初の抗議もぴしゃりとはね付け、ずるずると部屋の外に引きずり出す。

「見初ちゃんのことは任せてね、冬ちゃん」

そしてパチンとウィンクしながら告げると、見初を伴って廊下の向こうへと消えて行く。嵐のように去った二人に冬緒は唖然《あぜん》としていたが、

「……ぷっ」

と、小さく笑ってドアを閉めたのだった。

◆ ◆ ◆

そして、ついに迎えた茶会当日。冬緒は寮の前をうろうろと歩き回っていた。

「冬緒、もうちょい落ち着こうよ」

「緊張しているんだから仕方ないだろ……」

風来へ言い返す声も覇気がない。そんな冬緒を見上げながら、雷訪が感心したような口調で感想を述べる。

「しかし、なかなか様になっておりますな」

「……そうか？」

本日の冬緒は、紋付きの灰色の長着に紺色の袴という身なりをしていた。いつも掛けている眼鏡も相まって、知的な印象を感じさせる。

「ねえねえ。見初姐さんはまだ来ないの？」

「あ、ああ。美容院で着付けとヘアセットをしてもらってる」

多少平静を取り戻した冬緒がそう答える。

「ですが、無事にこの日を迎えることが出来てよかったですな」

「毎晩、見初姐さんの悲鳴が聞こえてたもん。途中で諦めちゃうと思ってたよ」

単に永遠子がそれを許さなかっただけである。

「あっ、見初姐さんたちじゃない？」

風来がこちらに向かってくる車を指差す。寮の手前で止まると、まずは運転席から「お待たせしました」と柳村《やなむら》が降りてきた。それに続いて助手席から永遠子が降りて、後部座席のドアを開ける。

「はい、どうぞ。……どうしたの？」

しかし肝心の見初が何故か降りて来ない。

「そんなに恥ずかしがらないで。ほら」

永遠子にやんわりと促され、ようやく車外に出てくる。

「……あの、どうですかね？」

桜色の色無地に身を包んだ見初が、冬緒たちの前でくるりと一回転する。背中の上部には、丸の梅鉢の通紋《つうもん》が入っており、長い黒髪はいつもよりも低い位置で纏められていた。

「見初姐さん、可愛いーっ！」

「これは見事ですなぁ」

風来と雷訪がパチパチと拍手をしながら賞賛の言葉を送る。

「……冬緒さん？」

しかし冬緒は、呆然とした表情で固まっていた。見初の呼びかけにも応答がなく、業を煮やした獣二匹が冬緒の袴を軽く引っ張る。

「冬緒も褒めてあげてよ！」

「見初様が不安そうにしていますぞ！」

そこで冬緒は我に返り、見初をまっすぐに見据えた。

「す、すごく似合ってる。可愛い」

「……はい」

短いやり取りの中で、両者の頬がじわじわと赤く染まっていく。そんな二人の様子を見守っていた風来は、ある変化に気付いた。

「見初姐さん……ちょっと痩《や》せた？」

「言われてみれば、少しほっそりとしましたな」

雷訪がまじまじと観察しながら言うと、見初は遠い目でふっと笑った。

「この一週間、死ぬような思いをしてたから……」

その一言に、冬緒たちの視線が永遠子に向く。

「……予想以上に覚えが悪いんだもの。一息つく暇もなかったわ」

よく見ると、永遠子も少々やつれている。その様子が特訓の過酷さを物語っていた。

「では、そろそろ参りましょうか」

「はい」

送迎役を務める柳村がそう促す。

「鈴男も鈴娘も、珍しい格好をしてるなぁ」

すると常連客の河童が、見初と冬緒に話しかけてきた。その隣には、河童ご夫人の姿もある。

「こんにちは。今日はちょっとおめかしをして、遠出するんです」

「おっ、うちの子と同じだなぁ」

その一言で、河童夫婦が子供を連れていないことに気付く。

「お子さんもどこかへお出かけですか？」

「友達が暮らす山へ遊びに行っているんだ」

そう答える河童の声は、少し寂しそうだ。

「見初、早く行かないと遅れるぞ」

「は、はい！　それじゃあ、私たちも行ってきますね」

冬緒に声をかけられ、見初はそそくさと後部座席に乗り込んだ。冬緒も助手席に座ったところで、柳村がアクセルペダルをゆっくりと踏む。

「行ってらっしゃーい！」

「二人とも頑張れー！」

「ファイトですぞ！」

永遠子たちの声援を受けながら、見初と冬緒を乗せた車は走り出したのだった。


島根県某市の山中に、椿木家が建てた茶室『幽紅庵《ゆうこうあん》』はひっそりと佇んでいた。敷地を取り囲む竹垣と重厚な門構えが見えてきたところで、見初がぐっと身を乗り出す。

「すごくご立派ですね」

「はい。椿木家はいくつかの茶室を設けていますが、こちらの幽紅庵はごく限られた者しか足を踏み入れることが出来ません」

運転しながら柳村が説明する。

「柳村さんは入ったことがあるんですか？」

「お恥ずかしい話ですが、私は茶道に疎《うと》いものでしたから。お誘いを受けても、ご遠慮させていただいていました」

柳村が少々気恥ずかしそうに答えている時だ。前方の門がキー……と音を立てて開き、明るい灰色の長着に抹茶色の羽織を着た椿木紅耶が現れた。その後に続くように、椿木家に仕えている外峯という男も出てくる。こちらは黒いビジネススーツに身を包んでいた。

門の前に車を停めると、柳村は運転席から降りて紅耶に一礼した。

「どうもご無沙汰しております」

「こちらこそ久方ぶりだな。変わりないようで何よりだ」

「ありがとうございます。ですが、こうして出迎えてくださるとは思いませんでした」

「待ちきれなかったのだよ」

紅耶は穏やかに相槌《あいづち》を打つと、緊張で強張った表情の冬緒に向き合った。

「やあ、また会えて嬉しいよ」

「あ……ありがとうございます」

ぎこちなくお辞儀をする冬緒に笑みを深くし、隣の見初へと視線を移す。

「君も来てくれてありがとう、お嬢さん」

「はい。今回はお誘いくださいまして、ありがとうございます」

緊張する素振りも見せず挨拶をした見初に、紅耶は「おや」と首を傾げた。

「以前会った時と少し雰囲気が違うね」

「そうでしょうか？」

「お淑《しと》やかになったと言ったほうがいいかな」

見初はその褒め言葉を素直に受け取った。

「お褒めいただき恐縮です」

よどみない受け答えに、冬緒が怪訝そうに瞬きを繰り返す。

「み、見初？」

「はい。いかがされました？」

「いや……」

冬緒が言及しようかと迷う中、紅耶が「ああ、そうだ」と柳村に言葉をかける。

「君はもう帰っても構わないよ」

その一言には、見初も「えっ？」と一瞬目を丸くした。

「いえ。お二人を残して先に帰るわけには参りません」

「心配しなくてもいい。彼らは外峯が責任をもって送り届けよう」

その言葉に合わせて、外峯が無言で頭を下げる。

「柳村さん、俺たちは大丈夫です。ずっと待たせてしまうのも悪いですし」

「……分かりました。それではお言葉に甘えることにしましょう」

冬緒にもそれとなく促され、柳村は紅耶の申し出を受け入れることにした。

「お二人のことをよろしくお願いします」

「ああ」

手短にやり取りを交わし、柳村が運転席に乗り込む。

「それから、もう一つ」

「何だね？」

「くれぐれも妙なことはお考えにならないように」

紅耶の返事を待たずにドアを閉めると、車を発進させる。

「私はずいぶんと信用がないようだ」

走り去っていく車を見送りながら、紅耶は小さく笑った。

「さあ、私たちも中に入ろうか。……外峯」

「はい」

名前を呼ばれた外峯が、ゆっくりと門を開く。

「さあ、案内しよう。ついてきなさい」

初めに紅耶が門をくぐり、三人がそれに続く。外峯は最後尾についていた。

飛び石を渡って露地《ろじ》を進んでいく。

露地とは屋根のない土地という意味だが、茶道においては茶室の庭園を指す。

周囲には常緑樹が植栽されており、笠の部分を苔《こけ》で覆われた石灯籠《いしどうろう》が点在している。小鳥たちの遊び場になっているのか、どこからかさえずりが聞こえる。

暫く進むと、春咲きの椿が立ち並ぶ空間が広がっていた。青々とした空間に、鮮やかな赤い花びらがよく映える。

紅耶が連れてきたのは、屋根付きの小さな腰掛けだった。

「君たちは、こちらで少し休んでいるといい。車の移動で疲れているだろう？」

「はい」

見初と冬緒が腰を下ろそうとすると、「冬緒、少しいいかな」と離れたところから紅耶が呼びかけた。

「何でしょうか？」

冬緒が小走りで駆け寄ると、紅耶は「そう慌てることはない」と前置きしてから語りかけた。

「見事なお嬢さんだ。礼儀作法がしっかりとしている」

「あ、ありがとうございます」

「先ほど、門をくぐった時も敷居をしっかりと跨いでいた。うちには、そのような初歩的なしきたりをおろそかにする者たちもいてね。少しは彼女を見習って欲しいものだ」

「それは、まあ……」

冬緒が答えに窮していると、紅耶は外峯を伴って去って行った。

「紅耶さん、なんて仰ってました？」

そう尋ねてきた見初は、普段の様子を取り戻していた。

「お前のことを褒めてたぞ」

「ほんとですか？」

素直に報告すると、見初は目を輝かせた。しかし、すぐさま神妙な面持ちに切り替わる。

「では油断せずに、この調子で参りますわ」

永遠子との特訓は、見初を大きく成長させたようだ。

◆　◆　◆

「準備が整いました。こちらへどうぞ」

美しい景色を眺めつつ雑談をして過ごしていると、外峯が二人を迎えに来た。

「席入りの前に、こちらで手と口をお清めください」

そう案内されたのは、蹲踞《つくばい》と呼ばれる手水鉢《ちょうずばち》だった。

「では、お先に失礼いたします」

見初は冬緒に断りを入れ、手に取った柄杓で水を汲んだ。左手、右手を洗い流し、口をすすぐ。最後に残った水で柄杓の柄を清めると、元の位置に置く。

恐らく洗面器を使って練習を重ねたのだろう。その完璧な動作に、冬緒は舌を巻いた。

これなら何の問題もなさそうだ。そう思いながら冬緒も手水で手と口を清め、茶室へ向かおうとした時である。

前を歩いていた見初が飛び石を踏み外し、突如大きくバランスを崩した。

「ヒャッ⁉」

右手を高く上げて左手を前へ突き出し、トントンと片足で真横にスライドしていく。そして歌舞伎役者のようなポーズを取りながら、石灯籠に衝突した。

「見初ーっ！」

「時町様、大丈夫ですか？」

すかさず冬緒と外峯が駆け寄る。幸い怪我もなく、着物にも汚れはついていない。

「うふふ。失礼いたしました。私としたことがうっかりしていましたわ」

「き、気を付けろよ……？」

しれっとした様子の見初だが、冬緒は先行きに不安を感じていた。


露地の最奥まで向かうと、とうとう茶室に辿り着いた。茅葺き屋根の建物で、小さな引き戸が僅かに開いている。にじり口という茶室特有の入り口だ。

見初が引き戸に右手をかけ、まずは半分ほど開ける。そして左手で最後まで開け切り、扇子を置いて中の様子を窺う。

あまり日の光の入らない薄暗い和室だ。畳の一部は切り取られ、湯を沸かすための炉となっている。その奥に、紅耶が腰を下ろして待っていた。

「……失礼いたします」

扇子を前に進めて、座りながら茶室に入る。そしてそのまま席につこうとした時、

──席入りしたら『拝見』を忘れないようにね。

永遠子から何度も口を酸っぱくして言われたことを、はっと思い出した。

一瞬動きを止めた後、掛け軸の前に移動して一礼する。その様子を入り口から覗き見ていた冬緒は、肝を冷やしていた。

（あいつ、今絶対に拝見忘れそうになってた！）

不安がますます募るが、ここは見初を信じるしかない。深呼吸をして、冬緒も席入りを果たした。

「待たせてしまってすまなかったね。茶会を開くのは久しぶりだから、少し手間取ってしまったよ」

「いいえ。気になさらないでください」

冬緒が小さく首を横に振って言う。

「そう言ってもらえるとありがたい。では失礼」

紅耶は一旦退室して戻ってくると、見初の前に菓子鉢を置いた。

桜を模した薄紅色の上生菓子が二つ盛られている。薄紅色から白へのグラデーションが美しく、中心には金粉が飾られていた。

「…………」

見初が金粉に意識を向けている間、紅耶は茶具を二回に分けて運び込んでいた。お点前は道具運びから始まるのである。

茶器が揃ったところで、紅耶がそれらを袱紗《ふくさ》と呼ばれる布やお湯で清めていく。それを終えると、いよいよ茶を点て始めた。

その洗練された所作に見入っていた冬緒だが、紅耶に「菓子を取って構わないよ」と促される。隣を見ると、見初は既に自分の分を確保していた。菓子は茶が出される前に食べ終えなければならない。見初は永遠子の教えを忠実に守っているのだ。

冬緒も懐紙に菓子を移し、菓子切りで切り分けて食べ始める。白あん特有のさっぱりとした甘みが口の中に広がる。

(ん?)

見初の様子をちらちらと窺っていた冬緒は、あることに気付く。金粉の部分を残しながら食べ進めているのだ。

そして最後にその部分を嬉しそうに頬張ったものの、途端に微妙そうな表情に変わる。金粉に味がついていないことを知らなかったのだろう。

「さあ、どうぞ」

二人が菓子を食べ終えたタイミングで、紅耶が茶碗を縁外に置く。

「お先に」

見初は受け取った茶碗を自分の縁内に置き、冬緒に一礼した。その後、膝前に移動させると「お点前頂戴いたします」と紅耶に頭を下げる。

「ほお……」

茶碗の正面を避けて茶を飲み始める見初に、紅耶が感心したように声を漏らす。

「美味しくいただきました」

「ふむ。もしや日頃から茶道を嗜《たしな》んでいるのかね？」

正面が亭主（茶会の主催者）側に向くように茶碗を返した見初に、紅耶が尋ねる。

「永遠子様に師事しております」

「なるほど」

付け焼き刃の作法は、すっかり紅耶のお眼鏡にかなったらしい。冬緒は最大の関門をクリアしたことに、ほっと胸をなで下ろす。

「冬緒。時町さんとは、やはりそういう仲なのかな？」

「……はい」

冬緒が見初を一瞥してから肯定すると、紅耶はにこやかに頷いた。

「仲睦《なかむつ》まじいようで何より」

「あ、ありがとうございます」

冬緒の顔にも笑みが浮かぶ。

「君たちは同じ職場で働いているそうだが、どうだね時町さん。冬緒の仕事ぶりは」

「はい。先輩としてもとても尊敬しております。大切なことをたくさん教えていただきました」

見初が胸を張って答える。

「そうかそうか。で、大切なこととは？」

途端、沈黙が流れる。

「君たちにとって、大切なこととは何だね？」

「あの……それはですね……」

冬緒が言葉を詰まらせて俯いていると、

「人としての在り方です」

見初が真剣な眼差しで言う。

「彼は人生とは何なのか、生きるとは何なのか、そして人との絆とは何なのかを教えてくれました」

「は？」

見初の斜め上を行く発言に、冬緒が顔を上げた。

「ほう。冬緒もずいぶんと立派に成長したものだ。以前は妖怪一匹も祓えないような小心者だったのに」

「あら紅耶様、それは違います。冬緒さんは全ての妖怪を祓うなんて野蛮なことをしないだけですわ」

見初の語気がやや強まる。すると紅耶が目を細めて、

「私の言い方が悪かったようだね。気を悪くしないでくれ。それにしても君は、冬緒をとても大事に思ってくれているようで嬉しいよ」

そう言いながら冬緒へ笑みを向けた。つられるように冬緒も頬を緩める。

「時に、時町さんのご両親は二人の仲を承知しているのだろうね。冬緒のことだ。挨拶もまだなんじゃないのか?」

紅耶の問いかけに、冬緒が答える。

「はい。あ、いいえ。正式な挨拶はまだ……」

「ご心配には及びませんわ。そのことに関しては、私たちにお任せください」

冬緒が言い切る前に、見初が割って入った。

「いやしかし、四季神《しきがみ》家の直系である彼女を娶《めと》ることは、椿木家としても大きな意味を持つ。それなりの準備が……」

「ですから、私たちにお任せくださいと申しているではありませんか」

こいつ少しキレてない? 棘《とげ》のある物言いに、冬緒が心配そうに見初の顔を覗き込む。

「……失礼。冬緒は一族から追放された身だったな。もう頼る家もないというわけだ」

「いえ……」

そして小さな声で返事をする冬緒を見て、ついに見初の堪忍袋の緒が切れた。

「先ほどから聞いていれば……何かにつけていちゃもんばかり。本当は私たちのことを快く思っていらっしゃらないのでは？」

「何だね？　私は椿木家の当主として、二人の力になりたいと思っているのだ。何せ冬緒は、この通り不甲斐ないからね」

「大きなお世話ですわ。元より椿木家を頼るつもりなど、毛頭ございません」

「それは心外だな。椿木家の何が気に入らないのかね？」

二人の間に激しい火花が散る。蚊帳《かや》の外にいた冬緒が、両者を交互に見ながら宥《なだ》めようとする。

「み、見初……」

「今まで椿木家がなさってきたことを思えば、当然ではありませんか。当主ご本人がお気付きにならないなんて片腹痛いですわ！」

見初はそう啖呵《たんか》を切ると、閉じていた扇子を勢いよく広げてあおぎ始めた。

挑発的なその態度に、紅耶から笑みが消える。

「……これを機に、冬緒を椿木家に戻そうと考えていたのだが。これで本当に、彼の後ろ盾はなくなってしまうのだよ」

「ふんっ」

見初が鼻で笑う。

「いっそのこと、椿木家なんて取り潰しになっちゃえばいいんだよ！」

「も、もうやめろよ……！」

冬緒が見初の肩を揺さぶって止めに入るが、既に遅かった。紅耶がすっくと立ち上がる。

「今の発言は聞き捨てならないな。そこまで大口を叩くなら、四季神の力を見せてもらおうじゃないか」

見初たちを見下ろしながら吐き捨てるように言うと、障子へ目を向ける。

「外峯」

そう呼びかけると、待機していた外峯が障子を開けた。

「お呼びでしょうか？」

「例のものは準備出来ているか？」

「……はい」

少し間を置いて外峯が頷く。紅耶はその返答に笑みを浮かべ、再び二人へ向き直った。

「茶会はこれでしまいにしよう。ここからは余興の時間だ。君のお手並みを拝見しようじゃないか」

「どういうことですか？」

見初が怪訝な顔で尋ねる。

「ついてくれば分かるよ」

紅耶は素っ気なく答えると、二人を連れて茶室を後にした。

紅耶が先頭に立ち、見初と冬緒が無言でついていく。幽紅庵の敷地を出て山道を歩いて行くと、前方に数名の人影が見えた。

目に留まったのはそれだけではない。彼らの周囲の木には、何やら札が貼られていた。

「あれは何のために貼っているんですか?」

冬緒が数歩後ろにいた外峯に問いかけるが、返事はなかった。

「お前たち、始めろ」

紅耶が号令をかけると、男たちが両手を合わせてぶつぶつと唱え始める。

札が赤く光り始めた。

「まさか……」

その光景を見て、冬緒が顔色を変える。

「冬緒さん、あれは何をしているんですか?」

「あいつら、事前に張っていた結界を狭め始めているんだ。そうだろ、外峯さん?」

語気を強めて問いただしても、外峯は視線を逸らすだけだった。しかし冬緒は追及を続ける。

「……あの中に妖怪がいるんじゃないのか?」

「………」

尚も沈黙を続ける外峯に、痺《しび》れを切らした見初が詰め寄る。

「何でこんなことをしなくちゃいけないんですか⁉」

「あなたの力を見るためです」

ようやく外峯が重い口を開いた。

「え……？」

「紅耶様は初めからあなたの力を推し量るつもりで、お二人を名ばかりの茶会に招いたのです」

「そんな……私の力を推し量るって何が目的なんですか？」

前方を見据えていた外峯が、見初へ目を向ける。

「目的などありません。先ほど当主が申した通り、これは単なる余興に過ぎないのです」

「つまり、ただの暇潰しってことですか？」

そう問いかける見初の声には、怒りと困惑が滲んでいた。

今にして思えば、あまりにも唐突な茶会への誘いだった。一族が追放した冬緒と今さら交流を深めようというのも虫がよすぎる話だ。

そもそも冬緒は、初めから気乗りしていなかったではないか。まんまと紅耶の策略にはまり、浮かれていた自分が腹立たしくなった。

「だとしても、こんな大仕掛けなことをするなんて……」

目の前の光景に冬緒が呆然と立ち尽くしていると、

「助けてー！」

山の奥から悲鳴が次々と聞こえてきた。

「ここから出してくれーっ！」

「苦しいよぉ……！」

「何でこんな目に遭うんだよ！」

助けを求める声に、見初と冬緒は弾かれたように駆け出した。すると、大勢の妖怪が逃げ場を求めて、山の麓《ふもと》へ押し寄せてきた。

先頭を走っていた妖怪が、こちらに向かって駆け寄ろうとするが、

「ギャア！」

結界が見えない壁となり、電流を放って妖怪を弾き飛ばした。

「大丈夫⁉」

「ぁ……」

見初が近付こうとするが、妖怪の体は瞬く間に砂のように崩れ落ちてしまう。それを目の当たりにした妖怪たちは息を呑んだ。

「き、消えちゃった……」

「酷いよ。僕たち、何も悪いことをしてないのに……」

怯える彼らを見て、見初は紅耶へ駆け寄った。

「早く結界を解いてください！　じゃないと、皆死んじゃう！」

「だったら君が何とかすればいい」

紅耶は笑みを深くしながら、冷酷に言い放った。

「だが、選りすぐりの人材を集めてきたからね。君でも、この結界を破るのは難しいだろう」

「……っ」

見初がぎりりと歯噛みをしていると、聞き覚えのある声が聞こえてきた。

「鈴娘さん、たすけてーっ！」

「あっ！」

一匹の小さな河童の子供だった。今朝ここに来る前に、子供が出かけていると常連客の河童夫婦が話をしていたことを思い出す。

その泣き顔に、見初は迷いを振り切った。

「……待ってて。今助けてあげるから」

「うん……！」

零れる涙を拭いながら、子河童はこくりと頷いた。

「待て！」

見初が結界に触れようと伸ばした手を、冬緒が掴む。

「あの結界をどうにかしようなんて思っちゃダメだ。あいつらの顔に見覚えがある。あんな強い結界を破るなんて無茶だ！」

「そんなことやってみないと分からないじゃないですか！　……それに元はと言えば、私たちのせいであの子たちがこんな目に遭っているんですよ。指をくわえて黙って見ているわけにはいかない……！」

見初は冬緒の手を強引に振り払うと、結界に触れた。

瞬間、見初の手にビリリと痛みが走った。

「うっ……！」

だが、ここで手を離すわけにはいかない。見初は跳ね返されそうになりながらも、足を踏ん張り結界に触れ続ける。

次第に見初の周囲が白く光り始め、結界にも伝播《でんぱ》する。それと同時に、木に貼られていた札の光が消えていく。

しかし見初の体も、じりじりと後ろへ押されていた。

「冬緒さん！　私の体を支えてください！」

「わ、分かった！」

だが冬緒が駆け寄り、肩に触れようとした途端、大きく弾き飛ばされてしまう。

「ぐっ……」

「冬緒さん……！」

「見初、もうやめるんだ！　このままだとお前の体、どうにかなっちまうぞ！」

「……嫌です！　もう少しで壊せそうなんです！」

見初の言葉通り、結界は徐々に薄れ始めていた。

「うっ……こ、これは……」

男たちの顔にも焦りの色が浮かぶ。

「何をしているんだ。もっと力を強めろ」

紅耶が強い口調で命じるが、男たちは顔を引き攣らせながらかぶりを振る。

「もう無理です！　これ以上は、我々の力が保ちません……！」

「やれやれ、その程度か。では私も力を貸そう」

紅耶がおもむろに両手を合わせ、詠唱を始める。

直後。弱まっていた結界が勢いを取り戻した。そして前にも増して、妖怪たちを苦しめる。

「く、苦しい。息が出来ない……」

「死んじゃうよーっ！」

「う、うわぁぁぁ……」

結界の近くにいた妖怪が、断末魔を上げながら消滅していく。

「うわぁぁあんっ。お父ちゃーん、お母ちゃーん！」

子河童が泣き叫ぶ声を聞き、見初は唇を噛み締める。

皆、絶対に助けてみせる。そのためなら……

見初の手が透け始めていることに気付き、冬緒が後ろから抱き着いた。

「もうやめろ！　やめてくれ……」

全身を貫くような痛みに耐えながら、必死に見初を結界から引き剥がそうとする。

と、上空から声が降ってきた。

「まったく。……見ていられないな」

何かが太陽を遮り、地上にうねるような巨大な影を落とす。

その場にいた誰もが天を仰ぐと、一頭の龍が傍観するように下界を見下ろしていた。

「へ、碧羅だ。碧羅が現れたぞ……！」

男たちが慌てふためく中、紅耶だけが口角を吊り上げていた。

「客が一人増えたか……」

「黙れ、クズが……！」

碧羅の目が椿木家の当主を捉える。そして咆哮《ほうこう》を上げながら、突進していった。

　だが、すかさず紅耶が右手を掲げると、その巨体は弾かれたように身を翻《ひるがえ》し地面へと叩き付けられた。碧羅にかつてのような力は、残っていない。

「碧羅……⁉」

　子供の姿になってしまった碧羅へ、見初と冬緒が駆け寄る。碧羅はよろめきながら立ち上がると、二人を睨み付けた。

「せっかく忠告してやったのに。のこのこ来るから、こんなことになるんだ」

「え？」

「ごめん、言ってなかった。まさかこんなことになるとは思わなくて……」

　冬緒が見初にぽつりと謝る。

「だから人間は嫌なんだ。ずるくて、自分勝手で、理不尽で、汚い。こうやって私たちの居場所を奪っていくんだ……」

　そう吐き捨てると、再び跳ね上がって龍の姿に戻ろうとする。その背中に向かって見初が叫ぶ。

「待って、何をするつもり⁉　碧羅だって、もうボロボロじゃん！」

「私たちを救おうなんておこがましいんだよ。なまじ、そんな力があるからこんな事態を引き起こすんだ」

　その言葉に、見初ははっと息を詰まらせて自分の両手を見下ろす。薄れかけていた手は、いつの間にか元に戻っていた。

「人間は本当に残酷なことをする。だが忘れるな。お前たちも同じ人間なんだ」

見初にそう告げると、ますます高度を上げていく。

「行っちゃダメ！　あなたに何かあったら、永遠子さんに何て言えばいいの⁉」

切羽詰まった声で引き留めようとする見初に、碧羅は一瞬動きを止め、何かを放り投げた。それは見初の手のひらに、ポンと落ちた。

紫色の花で作られた髪飾りだ。

「……あの女に渡しておけ」

それだけを言い残し、碧羅はその姿を龍に変えて空高く舞い上がっていく。そして狙いを定めるように結界を見据えると、速度を上げながら自ら飛び込んでいった。

男たちが逃げ惑う中、紅耶は表情を変えずにその場を動くこともなく、一頭の龍を見詰めていた。

その刹那、目映《まばゆ》い光が辺り一面を覆い尽くした。

風が吹きすさび、桜の花びらとともに光の粒が舞い上がる。

「あ、あれ？　もう苦しくない……」

「あの龍が結界を壊してくれたんだ！」

「やったー！　助かったぞ！」

解放された妖怪たちが、歓喜の声を上げる。

「鈴娘さーん！」

子河童が泣きながら見初にぎゅっと抱きつく。その小さな体を抱き上げながら、見初は周囲を見渡す。

しかし、碧羅の姿はどこにもなかった。

◆　◆　◆

「まさか碧羅まで現れるとは思わなんだ。なかなかよい余興だったな」

紅耶が独りごちながら、パンパンと手を叩く。

「さて外峯。そろそろお二人を送って差し上げろ」

「はい」

紅耶に命じられて、外峯が一旦その場から離れる。

無言で立ち尽くしている見初と冬緒に、紅耶が目を向けた。

「二人とも、今日は楽しかったよ。また何かの機会に、顔を見せに来るといい」

「……本日はお招きくださり、ありがとうございました」

冬緒は深々とお辞儀をすると、当主をまっすぐ見据え、さらに言葉を続けた。

「私にとって椿木家は、生家でありながらもこれまでは距離を置きたい存在でした。ですが今日、考えを変えました」

「ほお。どのように変わったのだね？」

「あなたが、椿木家がとても憎い」

冬緒に同調するように、見初が紅耶を睨み付けた。

暫し沈黙が続いた後、一台の高級車が停まり、運転席から外峯が降りてきた。

「では頼んだぞ、外峯」

そう言って紅耶が背を向けて歩き始める。残された二人が外峯に促されて乗り込むと、車は緩やかに発進した。

重苦しい雰囲気が車内を包み込む。助手席に座る冬緒が、外峯にふいに話しかけた。

「これが椿木家のやり方ですか」

「それは、あなたが一番よくご存じでしょう」

外峯はハンドルを切りながら、短く返した。

再び訪れる静寂。後部座席の見初は一言も発せず、窓の外を見詰め続ける。しきりに目尻を指で押さえながら、ただ時間が過ぎるのを待っていた。

ホテル櫻葉《さくらば》の入り口に車を停めると、永遠子たちが二人の帰りを待っていた。

二人が車から降りて、冬緒がドアを閉めようとした時、

「あなた方は、もう椿木家とは関わらないほうがいい」

少し身を乗り出して冬緒を見上げながら、外峯が静かな声で言った。

「……あなたはいつまで、あの家に仕えているんですか？」

冬緒が問いかけると、永遠子たちを見渡しながら小声で呟く。

「今の私にはあそこしか居場所がない。あなたには分からないと思うが」

「………」

「では失礼いたします」

軽く会釈をして、外峯が車を走らせる。と同時に、永遠子が慌てた様子で二人へ話しかけてきた。

「どうしたの、二人とも！　髪も着物もそんなに乱れちゃって……何かあったの？」

心配そうに顔を覗き込む永遠子に、見初は声を震わせる。

「永遠子さん……」

「やっぱり失敗しちゃったの？」

優しく背中を擦られ、堪えていたものが溢れ出す。

「う……うわぁぁぁんっ‼」

「み、見初ちゃん⁉」

堰《せき》を切ったように泣き叫ぶ見初の姿に、永遠子は困惑したのだった。

いた。

◆　◆　◆

パチン、と時折小気味よい音が和室に響く。

茶会の日から数日後。椿木家の当主は従者を部屋に招き、いつものように将棋を指していた。

パチン。紅耶は香車を打つと、思い返したように笑みを浮かべた。

「いかがなされましたか？」

「いや、愉快な茶会であったと思ってな。あの娘の程度も知れたし、碧羅も始末出来たし一石二鳥とはまさにこのことだ」

「ですが今回の件で、椿木家に対する二人の嫌悪感は強くなったのではないでしょうか？」

「うん？　それがどうかしたのかね？」

特に気にした様子もなく平然と返す紅耶に、外峯は「いえ、深い意味はございません」と簡潔に答える。

「やはり時町見初のあの力は手に入れたい。外峯、何かよい策は思い付かないか？」

「私には何とも……それに、彼が黙っていませんよ」

「彼？　ああ……冬緒のことか。あれは放っておいて構わないだろう。特に優れた能力があるわけでもない。現にあの時だって何も出来なかったじゃないか。あれでは、追放されるのも無理はない」

紅耶がせせら笑いながら、さも得意気にそう言い放った。

「左様でございます。しかしながら……」

パチン。外峯が持ち駒の歩を静かに打つ。盤上に視線を落とした紅耶は「む……」と眉を寄せる。

「あまり侮っていると、足をすくわれます」

「どうした外峯。情でも移ったか？」

「いえ。事実を述べたまでです」

さらりと切り返すと、黙礼して立ち上がる。そのまま退室しようとする外峯を紅耶が呼び止める。

「何だ、勝負はまだついていないぞ」

「急用を思い出しました。私はこれで」

外峯は障子を開けて、足早に立ち去った。

「……生意気なことを言うようになったな」

ぼやきながら盤上を見下ろす紅耶だが、次の一手は思い付かなかった。

エピローグ

春うららな四月上旬。

桜の木の下で、一匹の狸がご陽気に歌を歌っていた。

「今年の花見はいつかな～、ぽんぽんぽこぽーん。もう桜が散りそうなのに～、ぽんぽんぽこぽーん。美味しいものも食べてない～、ぽーん」

「何ですかな、そのおバカな歌は」

狐が冷ややかな目で相方を見る。自作の歌をけなされて、風来はぷっくりと頬を膨らませる。

「だって本当にお花見やってないじゃん。歌でも歌ってないとやってらんないよ」

そうなのだ。例年夜間のスタッフたちは、ご近所の常連客とともに昼間に飲めや歌えやの花見を楽しんでいるが、日勤のスタッフにはその時間がない。そのためホテル櫻葉では、毎年夜の花見が恒例となっているのだ。

しかし今年は、気軽に「花見をしよう」と言い出せる雰囲気ではなかった。椿木家との出来事が原因である。

特に見初は、あれからというもの塞ぎ込みがちになっていた。

「見初姐さん、まだ元気ないね……」

「そうですな……しかし、あんなことがあったのです。心中お察ししますぞ」

「どうしたら、いつもの見初姐さんに戻ってくれるかな？」

「うむ……」

二匹は腕を組んで暫《しば》し考え込む。と、風来が何かを思い付いて顔を跳ね上げた。

「そうだ！　見初姐さんに嫌なことを考える暇をあげなきゃいいんだ！」

「なるほど。しかし具体的には何をさせるつもりですかな？」

「え？」

「何も考えていないのですか⁉」

呆れる雷訪に、風来が歯茎を剥き出しにする。

「しょうがないじゃん！　オイラの頭の中は、お花見のことでいっぱいなんだよ！」

「逆ギレはいけませんぞ！　私だって花見酒が飲めなくて辛いのですぞ！」

互いに睨み合い、はたと気付く。

「やっぱりさぁ……」

「ここは花見しかありませんな」

こうして二匹はホテルに戻って行った。フロントにいる永遠子へ、ちょいちょいと手招きをする。

かくかくしかじか。

「……というわけなのですぞ」

「そうだったわね。花見なんてすっかり忘れていたわ……」

「どうかな？」と風来が尋ねると、

「そうね、それがいいわね。見初ちゃんに準備を押し付けちゃいましょう。もうすぐ桜が散りそうだから日程は……明後日！」

そして彼らの独断で誰に断りもなく、花見計画は進行していった。

「え⁉　私が幹事ですか⁉」

突然の任命に、見初は目を丸くする。その日の夜、永遠子が部屋を訪れたのだ。

「そうなの。風来ちゃんたちがどうしてもやりたいって聞かなくて。幹事って言っても、食べ物や飲み物を準備するくらいだから。じゃあ、よろしくね！」

「は、はい」

早口で捲《まく》し立てられ、見初は了承せざるを得なかった。しかも日取りは明後日。のんびりしている場合ではない。

「んー……」

昨年の花見を思い返し、必要なものをメモに書き起こしていく。ちょうど明日が非番なので、買い出しは何とかなりそうだ。

「あとはブルーシートの準備をして……でも、いつもどの辺に敷いているんだっけ……あ、そうだ。風来たちのお酒も買ってきてあげないと。あの子たち、それが目当てだろうし……えっとそれから……」

準備するものが多くて、メモが二枚、三枚と増えていく。日付けが変わった頃、ようやく段取りが整った。

「あ、もうこんな時間。明日は早起きしなきゃね、白玉《しらたま》！」

「ぷぅ！」

こんな風に笑顔で呼びかけられるのは久しぶりで、白玉は元気に返事をしたのだった。

翌日、見初が買い出しに出かけようとすると、駐車場の手前で柳村が追いかけてきた。

「おはようございます、時町さん。花見の買い出しに向かわれるんですよね？　何かお手伝いすることはありませんか？　今日は私も非番ですので」

「ありがとうございます。でも何とかなると思うので、一人で行ってみます」

やんわりと断ると、柳村は「では何かありましたら」と軽く会釈をして、見初を見送った。

そして夕方。両手にたくさんの買い物袋を提げて、見初が帰ってきた。

「ぜえぜえ……」

息を切らしながら廊下を歩いていると、後ろから冬緒が心配そうに声をかけてきた。

「一人で大丈夫か？　俺も一緒に持つよ」

その申し出に、見初は首を横に振る。

「冬緒さん、まだ仕事中じゃないですか。一人で大丈夫ですから、戻ってください」

「そ、そうか？　何かあったら、すぐに呼ぶんだぞ」

そう言い残して、冬緒がロビーに戻っていく。見初はよたよたと左右によろけながら、何故か笑みを零していた。

◆　◆　◆

そして当日の夜がやって来た。見初は少し早めに仕事を切り上げて、準備に取りかかった。

外灯のある桜の木の下にブルーシートを敷き、四隅を留め具で固定していく。ビニール袋から紙皿や紙コップを取り出して、端に置いておく。食事や飲み物は、桃山《ももやま》が持ってきてくれる手はずになっている。

「こんなものかな……」

見初が一息ついていると、「見初姐さーん、お待たせー！」と風来の声が聞こえてきた。

振り向くと、風来に続いて桃山を先頭に、各々が重箱や冷やしておいた飲み物を持ちながら手を振っている。

「おーい！　こっちこっち！」

見初も手招きをする。

桃山たちから受け取った重箱をブルーシートの真ん中に並べ、飲み物も適当な間隔で置いていく。

そしていよいよ座ろうとした時に、二匹が冬緒に文句を言い始めた。

「冬緒ばっかりずるい！　オイラだって見初姐さんの隣に座りたい！」

「独り占めはいけませんぞ！　こんな時でもイチャイチャするつもりですか⁉」

「う、うるさい！　お前らは黙って酒でも飲んでろ！」

冬緒も負けじと言い返していると、永遠子が割って入ってきた。

「そんなことで喧嘩《けんか》しないの。私の隣だって空いてるんだから、誰かこっちに来なさいよ」

すると風来にドンッと背中を押され、雷訪が一歩前に出た。

「それでは永遠子様の隣で我慢しますぞ……」

渋々隣に座った雷訪に、永遠子が目をつり上げる。

「我慢って何よ、我慢って！　雷《らい》ちゃんにそこまで言われる筋合いはないわ！」

「ヒエエ……お、お許しを〜」

逃げ出そうとした途端、永遠子に頭を鷲掴みにされた雷訪を見て、従業員たちからどっと笑いが起こる。ちなみに白玉は、当初から見初の膝をちゃっかり陣取っていた。

「さあ、早く始めましょ！」という永遠子の号令で、紙皿と紙コップが配られていく。

「ほら見初。音頭を取って」と冬緒が見初を促す。

「はい！　……それじゃあ、一日お疲れ様でした。かんぱーい！」

ようやく花見が始まった。


各自持ちねたを披露していく。まずは桃山。

「手品を……します……」

ぼそぼそと前置きをしてから、黒いシルクハットを取り出す。皆に中身を確認させ、くるくると回転させた後に、白いナプキンを上にかぶせる。

「1……2……3」

合図とともにナプキンを外すと、一羽のニワトリが姿を見せた。コケコッコーという鳴き声が夜空に響き渡る。

皆が拍手をする中、桃山は「明日の夕食は……チキンステーキ……」と意味深な発言をして、場の空気を凍り付かせた。

他の従業員たちも歌を披露したり、漫才をしたりと盛り上がりを見せ、柳村の番となった。

「今年は特別に、私のとっておきを披露したいと思います」

そう言うと、木の陰で何やら準備を始める。そのうちに、どこからか聞き覚えのある民謡が聞こえてきた。

「まさか、これは……」と従業員たちがざわつく。すると曲調に合わせて、安来節《やすぎぶし》スタイルの柳村が踊りながら登場した。ざるでドジョウを掬い、腰の籠に入れていく。

その見事な踊りに皆が「おお……」と感心する中、風来と雷訪が、

「ずるい、柳村さん！　オイラたちも踊りたい！」

「私たちもドジョウ掬いを披露する予定だったのですぞ！」

そう言って安来節スタイルに化けると、二匹も飛び入り参加を果たす。

三者三様の安来節に自然と手拍子とかけ声が入り、花見はピークを迎え始める。

「あははっ！　楽しいですねー！」

「なぁ、やっぱり花見やってよかったな」

「本当ですね！　見てください、風来のあの踊り！　あはは……」

「そうだな……」

冬緒が相槌を打ちながら見初に目を向けようとした時、白玉の頭にポツンと雫が落ちた。

「ぷ？」と白玉が不思議そうに見初を見上げる。

「あれ？　何で泣いているんだろう、私……」

そう言いながら涙を拭う見初の姿に、一瞬その場が静まり返る。すると風来が指を天高く上げて叫んだ。

「まだまだ行くよーっ！　皆、最後までついてきてねー！」

「「「おーっ！」」」

その後も民謡は延々と流れ続け、柳村たちはふらふらになるまで踊り続けたのだった。


「見初ちゃん、ご苦労様。一人で大変だったでしょ？」

花見が終わった後、見初がブルーシートを畳んでいると、永遠子が声をかけてきた。

「そうですね。でも皆も楽しんでくれたし、やってよかったです！」

「そうね……」

永遠子も後片付けを手伝いながら、笑顔で頷く。

「ごめんね、見初ちゃん」

少し間を置いて、永遠子が話を切り出す。

「私がお茶会に行けって言ったばっかりに、あんなことになっちゃって……ちゃんと謝らなくちゃいけないって思ってたの」

「永遠子さんのせいじゃないですよ！　あそこまで酷いことをするなんて思ってもみなかったし、そもそもついカッとなって、まんまと乗せられちゃった私が悪いんです」

　項垂れながら、見初は尚も話を続ける。

「それに私が椿木家に目を付けられることがなければ、碧羅だって……」

「……見初ちゃん。あの髪飾りね、元々雲居《くもい》……碧羅のお姉さんから預かったものだったの。あの子に返したんだけど、もう少しの間私に預かっていて欲しかったんじゃないかしら？」

「永遠子さん……」

「いつかまた返せる時が来ると思うわ」

　永遠子が見初の肩を叩いて、「綺麗ね」と桜を見上げる。見初もつられて見上げようとした瞬間、一陣の風が吹いた。

　外灯に照らされながら、薄紅色の花びらが舞い踊る。それはまるであの日の情景のようで、見初の心に小さな痛みを残した。

番外編　白玉の家出

それは溯《さかのぼ》ること数ヶ月前。新年を迎えて間もない頃のことだった。

「わぁ、白玉《しらたま》とっても可愛いよ！」

「ぷぅ！」

見初《みそめ》は目を輝かせながら、白玉を抱き上げた。白玉も嬉しそうに見初に頬擦りをしているが、それを見た永遠子《とわこ》が慌てて止めに入る。

「ストップストップ。着崩れしちゃうから、その辺にしておいてね」

「あ、そうでした」

見初ははっと我に返ると、相棒をベルデスクの上に下ろした。しかしまだ甘え足りないのか、「ぷぅ……」と少し寂しそうに見上げてくる。

「ごめんね、白玉。お仕事が終わったら、いっぱい抱っこしてあげるから」

「だけど白玉ちゃん、本当に可愛いわね。ほら！」

永遠子が嬉々としながら、白玉に卓上ミラーを見せる。

そこにはピンク色の着物を着せられた仔兎が映っていた。紅白の花冠が可愛さを引き立てている。着物も冠も天樹《あまき》のお手製だが、サイズもぴったりだ。

今年は十二年に一度の卯年。

せっかくなので白玉にも手伝ってもらい、あやかし向けのイベントを開催することになったのである。

「この辺りにこれを置いてと……」

冬緒《ふゆお》が『謹賀新年』と毛筆で書かれた木の札を、白玉の横に設置する。

「うんうん。さらに正月らしさが出てきたわね」

永遠子が満足げに頷く。しかし白玉はすんすんと札の匂いを嗅ぐと、おもむろにかじり始めた。

「俺の作った札が……！」

「し、白玉ちゃん。それは食べちゃダメよ！」

「……ぷぅ」

仕方がないなぁ。渋々口を離す白玉だが、木札の角は欠けてしまっていた。

その日の夜になると、『ホテル櫻葉《さくらば》の白兎を撫でるとご利益が得られる』という触れ込みを聞きつけた妖怪たちが、続々と来館し始めた。

「いいか白玉。撫でられたら可愛く鳴くんだぞ」

「ぷぅ」

冬緒と小声で打ち合わせをした白玉が、ぴょんっとベルデスクに飛び乗る。その瞬間、妖怪たちは一斉に歓声を上げた。

「すごく可愛い！」

「ぬいぐるみみたいだ！」

我先にと白玉へ駆け寄ろうとするので、すぐさま永遠子たちスタッフが止めに入る。

「皆様、順番はしっかりとお守りください！」

声を張り上げながら、列を整備していく。さながらアイドルの握手会のような光景である。

「ぷ、ぷぅ……」

白玉はこの時点で正直帰りたくなっていたが、義務感で何とか我慢していた。それを察した見初が、デスクの引き出しからある物を取り出す。

「頑張って白玉。今日はおやつたくさん食べていいから！」

「ぷぅ……っ！」

高級ドライフルーツの詰め合わせを見せられ、やる気を失いかけていた白玉の目に光が戻る。と、待機列も形成出来たところで、いよいよイベントが始まった。

「可愛い兎だねぇ。よしよし」

「ぷぅっ！」

「ふふ。ご利益がありますように」

「ぷぅっ！」

白玉は言いつけ通り、客に撫でられたら可愛く鳴くのをひたすら繰り返していた。そして合間合間に休憩が挟み込まれる。

「その調子だよ、白玉！」

「ぷぅ」

「あっ、はい。こちらをどうぞ」

白玉にすっ……と前脚を出され、見初が恭《うやうや》しくドライフルーツを差し出す。二人の間に、アイドルとマネージャーのような関係性が生まれつつあった。

「きゃーっ、うさちゃんが花冠つけてる！　可愛い！」

「ぷぅ～！」

撫でられて鳴くだけで、高価なおやつにありつける。こんなにおいしい仕事はないと、白玉はいきいきとしながら役割をこなしていた。

しかし、

「ぷぅ……」

いつまでも途絶えない長蛇の列に、次第にうんざりし始める。事前の説明ではイベントは一時間ほどで終了と聞いていたのに、壁の時計を確認するととっくに時間は過ぎていた。

「ぷぅ?」

話が違いますが?　白玉は冬緒の腕をバシッと叩いた。

「ご、ごめん。その、客の入りが予想以上に多くて……」

この辺りから、白玉のテンションは降下の一途を辿っていた。

「兎ちゃーん、なでなでさせておくれ」

「ぶぅ」

「……あ、あれ?　兎ちゃん?」

「ぶぅ」

客に撫でられても、適当に返事をする。見初が「こ、今度は何を食べる……?」とドライフルーツの袋を見せても、無反応を決め込んでいた。そもそも、利口にしていれば餌がもらえるのも、何だか調教されているような気分で気に食わない。

「皆様。まことに勝手ながら、諸事情により本日のイベントを中断させて……」

白玉のストレスを考慮した永遠子が客たちにそう呼びかけようとした時、事件は起きた。

「うへへ、ご利益ご利益!」

「ぷ!?」

ちょうど順番が回ってきた妖怪が、白玉を強引に抱き上げたのである。

その拍子に、ぱさっ……と花冠が床に落ちた。

「お客様！　撫でる以外の行為は禁止しております！」

「そんなケチケチすんなって！」

見初の怒号を笑って受け流す妖怪に、白玉の顔から表情が抜け落ちた。

「ぷぅぅぅぅっ‼」

「ギャアッ⁉」

次の瞬間、白玉は妖怪の腕から抜け出すと、そのにやけ顔に強烈な蹴りをお見舞いした。

「白玉、どこに行くの⁉」

そして窮屈だった着物も脱ぎ捨て、見初の制止も振り切ってホテルを飛び出す。もうあんなところにいるのはごめんだ。

夜の出雲をひたすら駆ける。そして辿り着いたのは、雪の降り積もった山だった。ここまで来れば、見初たちもやって来ないだろう。

「……ぷぅ？」

切り株の上に乗って一休みしていると、風に乗って甘い香りが漂ってきた。

白玉のお腹がきゅうと鳴る。香りに誘われるようにして、小さな仔兎は歩き出した。

地面を覆う雪が月明かりを反射しているおかげで、辺りはうっすらと明るい。ひくひくと鼻を動かしながら、奥へ奥へと進んでいく。

すると、ついにお目当てのものを見付けた。雪の上に、真っ赤な林檎がぽつんと落ちていたのだ。

「ふぅっ！」

ご飯！　白玉が目を輝かせながら、林檎に飛びついた時だった。

ずるるるっ。

突如雪の中から現れた網が白玉を捕らえ、木の上に吊り上げられてしまった。

「ぷ？」

白玉が目を丸くして固まっていると、木陰から大きな影がいくつも現れた。全身を白い体毛に覆われた雪神《ゆきがみ》たちである。

「おおっ。引っかかったぞ！」

「……だけど丸焼きにして食うには、ちょっと小さくねぇか？」

「だったら骨ごと煮込んで鍋にしよう。いい出汁《だし》が出て美味いぞ！」

「毛皮は子供の襟巻きにでも加工しよう」

まさに絶体絶命の危機。彼らの物騒な会話を聞き、白玉は網から抜け出そうと必死に暴れ始める。

「ぷぅぅぅうっ！　ぷぅぅぅっ！」

「こ、こいつ、かなり凶暴だぞ！」

「逃げ出さないように気を付けろよ。……ん、どうしたんだ？」

激しい抵抗を見せる白玉に警戒していた雪神たちだが、その一人が訝《いぶか》しげに首を傾げている。すると、突然「あっ」と声を上げた。

「この兎、見覚えがあると思ったら……ほてる櫻葉で飼われている奴だ。確か……白玉って言ったっけ？」

「ぷぅ！　ぷぅっ！」

その問いかけにコクコクと頷くと、網がゆっくりと地面に下ろされた。ようやく自由の身となり、白玉はすかさず走り去ろうとするが、その図体に似合わない俊敏さで捕まえられてしまう。

「ぷぅ～～～っ！」

「待て待て、食ったりしないから落ち着け」

じたばたと暴れる白玉を、雪神たちが何とか宥《なだ》めようとする。

「こんな夜に、一匹で出歩いてたら危ないだろ。ほてるの人間たちとは一緒じゃないのか？」

「…………」

白玉は不貞腐《ふてくさ》れた様子で、返事もせずにそっぽを向いた。

完全に心を閉ざしている。どうしたものかと、雪神たちは顔を見合わせた。

「このまま放っておくわけにも行かないしな……」

「俺、ちょっとほてるに行ってくるわ」

そう言いながら一人がその場から離れようとすると、白玉はぶんぶんと首を横に振った。

「ぷぅ！　ぷぅぅっ！」

「な、何だ？」

「ぷぅぅ！」

「うーん。何を言っているのか、さっぱり分からん！」

雪神たちがほとほと困っていると、白玉を抱きかかえている者が確認するように問いかけた。

「……お前さん、もしかして家出してきたのか？」

「ぷぅ」

白玉は正直に頷いた。

「何があったかは知らねぇが……帰ってやんな。皆、心配してると思うぜ」

「ぷぅ！」

「帰りたくないみてぇだな」

再び顔を背けた白玉に、雪神は深い溜め息をつく。

その頃、ホテル櫻葉では白玉の大捜索が行われていた。

「白玉様、もう帰っておいでよー！」

「皆心配しておりますぞー！」

イベントに参加していた妖怪たちにも手伝ってもらい、裏山もくまなく探してみたものの手掛かりはなかった。

「冬《ふゆ》ちゃん、どう？」

「ダメだ。結構遠くに行ったみたいだな。札も反応しない」

椿木《つばき》家の術で白玉の居場所を調べていた冬緒は、永遠子の問いに力なく首を横に振る。

「一度、寮に戻って柳村《やなむら》さんに相談しましょう」

「……そうだな。おーい、見初！」

冬緒が呼びかけても、見初は懐中電灯片手に探すのをやめようとしない。

「あのね、この辺りには白玉ちゃんいないみたいなの。だから……」

「だったら、他のところを探してみます」

「見初ちゃん……」

一心不乱な様子に、永遠子が言葉を失う。見かねた冬緒が見初の肩を叩いた。

「見初。気持ちは分かるけど、闇雲に探しても見付かりっこないぞ」

「でも……」

「白玉ならきっと無事だよ。な？」

「…………」

冬緒に優しく諭され、とぼとぼと山を下りる。

寮のホールに向かうと、柳村が見初たちの帰りを待っていた。

「事情は風来《ふうらい》くんたちからお聞きしました。明日、出雲中の妖怪たちにも協力を仰ぎましょう」

「はい。……だけど、私たちが無理をさせたから、怒って出て行っちゃったんだと思います。こ、このまま帰って来てくれなかったらどうしよう……っ」

もう会えないかもしれない。見初は胸の辺りをぎゅっと押さえた。

その姿を見て、柳村は優しく笑いかける。

「今は白玉さんを探すことを考えましょう。ご自分を責めるのはその後。……大丈夫です。また白玉さんと仲直り出来ますよ」

「柳村さん……」

柳村の温かい言葉が胸に染みる。少し元気を取り戻した見初だが、その横で風来がぼそりと呟いた。

「ひょっとしたら誘拐されちゃったのかも」

「「誘拐!?」」

見初と冬緒は、縄でぐるぐる巻きにされている白玉を想像して目を剥いた。

「それは有り得ませんな。あの白玉様を連れ去るなんて無理に決まってますぞ」

しかし荒ぶる白玉を思い返しながら、雷訪《らいほう》が即座に否定する。その言葉に永遠子も同調した。

「そうね。ああ見えてすごく逞《たくま》しいもの。その心配はないんじゃないかしら」

「で、でもっ、食べ物に釣られて捕まっちゃったかもしれないし……」

見初がそう言いかけた時だった。突然窓が勝手に開き、闇の向こうから何かが飛んでくる。

カッ！　ホールの壁に、一本の矢文が突き刺さった。

「ギャーッ、何あれ!?」

「ものすごく嫌な予感がしますぞ！」

獣二匹が抱き合いながらおののく。

「まさか、本当に誘拐されたんじゃ……！」

身代金要求という言葉が見初の脳裏をよぎる。血相を変えて矢を引き抜き、折り畳まれていた手紙を開いた。

しかし文章がくずし字で書かれているせいで、まったく読めない。思わず固まってしまった見初に代わり、柳村が内容を確認する。

「おや……これは雪神さんからのお手紙ですね」

「そ、そいつらが白玉を誘拐したんですか？」

「冬ちゃん、ちょっと静かにしてて」

我を忘れている冬緒を、永遠子がたしなめる。「まあまあ」と笑いながら、柳村は手紙を読み上げていった。

「『謹んで新春をお祝い申し上げます。先ほど我々の山にやって来た白玉さんを保護いたしました。どうやら家出をしてきたらしく、ホテルには帰りたくないと言っております。というわけで、ひとまず我々でお預かりいたします。どうかご安心ください』……とのことです」

「ずいぶんとご丁寧ね」

永遠子は意外そうに手紙を覗き込んだ。

「でも白玉様が無事でよかったね！」

「私はこんなことだろうと思っていましたぞ」

とりあえずほっと胸を撫で下ろす従業員たちだが、しょんぼりと肩を落としている者が二名。

「白玉……ホテルに帰りたくないって……」

「やっぱり俺たちのことが嫌いになっちゃったんだ……」

この世の終わりのような顔で落ち込む見初と冬緒を、永遠子が慰めようとする。

「二人とも元気出して。白玉ちゃんもそのうち帰って来てくれるわ」

「そんな気休めの言葉はいりません！」

「俺たちは白玉に捨てられたんだ！」

目を大きく見開いて反論したかと思えば、こちらに背を向けて黙り込んでしまった二人に、永遠子は「重傷ね」と肩を竦《すく》めた。

◆　◆　◆

「ほれ、こいつ食うか？　美味いぞ」

「ぷぅ～」

「よしよし、いい子だ」

雪神たちに保護されて早三日。白玉は丁重な扱いを受けていた。

美味しい干し草はたくさんあるし、おやつには干し芋や干し林檎もくれる。見た目が少し怖いものの、雪神たちはとても優しかった。

白玉の頭を優しく撫でながら、雪神の一人が提案する。

「どうだ？　いっそのこと、このまま俺たちと暮らさねぇか？」

「ぷぅっ！」

喜んで！　白玉は元気に返事をした。

しかし、そのやり取りを見ていた他の仲間が話に割り込む。

「何勝手なことを言っているんだ。その兎はほてる櫻葉の子だろう」

「固いこと言うなよ。こいつだって、こんなにここでの生活を楽しんでいるじゃないか」

「ぷぅぷぅ」

白玉が頷くと、気をよくした雪神は「よし決まりだな」と笑って小さな体を抱き上げた。

「お前は今日からぴょん太《た》だ！」

「ぷぅ？」

目が点になっている白玉に、雪神は饒舌《じょうぜつ》に語る。

「いやぁ。もし兎を飼うことになったら、ぴょん太って名付けたいと思ってたんだ。大事に可愛がってやるからな」

「ぷ……ぷぅぅっ！」

勝手に改名させられそうになり、慌ててかぶりを振る。すると仲間の雪神も呆れたように言う。

「本気で嫌がってるじゃないか。やめてやれ」

「そ、そうだな。悪かったよ」

分かればいいのだ、分かればご機嫌を取るように背中を撫でられ、白玉は深く息をついた。と、仲間の雪神が白玉の鼻をちょいちょいとつつきながら、

「でも、白玉って面白い名前だな。母親が名付けてくれたのか？」

そう問いかけられ、白玉の中で懐かしい記憶がふと蘇る。

まだ母親の白陽《しろひ》と暮らしていた頃。夜空にぽっかりと浮かぶ満月を見上げながら、白陽が穏やかな声で白玉に語りかけた。

『白玉。あなたの名前は、元々とある人間の子が私に名付けていた名前なのです』

『ぷぅ！』

その人に会ってみたい。白玉が前脚を上げてお願いをすると、白陽は小さく笑った。

『そうですね。私もまたあの子に会いたい』

『ぷぅぷぅ』

『その者の名前ですか？　……冬緒。椿木冬緒と言うのですよ』

冬緒は今頃どうしているだろうか。俯きながら名付け親のことを思い返す白玉に、抱き上げていた雪神が声をかける。

「……何だ？　母ちゃんのことが恋しくなったか？」

「ぷっ……ぷぅ！」

もうホテル櫻葉には戻らないと決めたのだ。意地悪な問いかけに、ぷいっと顔を背ける。

それからも白玉は雪山に居座り続けていたが、おやつを食べる量は日に日に少なくなっていった。

「ほれ、干し芋だぞ。食べないか？」

「ぷぅ……」

あまり食欲が湧かないのだ。雪神たちから離れて、山の頂上から出雲の街並みを見下ろす。

見初たちのことを思い浮かべていると、

「白玉！」

「ぷぅ……！」

その呼びかけに、白玉は弾かれたように振り向いた。だが、そこに立っていたのは白玉を案じて様子を見に来た雪神だった。

「ひとりで遠くまで行っちゃ危ないだろう。戻るぞ」

「………」

素直に頷いて、雪神についていく。だが、その足取りは重かった。


皆が寝静まった後、白玉は彼らの住まいであるかまくらを抜け出した。何もかもが雪で覆われた銀世界を駆けて行く。

すると、麓《ふもと》まで降りてきたところで前方に人影が見えた。

「白玉！」

見初だ。そのことに気付いた白玉は、脇目も振らずにまっすぐ向かっていった。

「ぷぅーっ」

「会いたかったよ、白玉ーっ！」

見初にぎゅっと抱き締められて、ひんやりと冷たい頬をぺろぺろと舐める。

「ふふっ、くすぐったい。それじゃあ、帰ろっか」

「ぷぅっ！」

見初に抱えられながら山を下りていた白玉だが、

「何を言っているんだ。お前は一生ここで暮らすんだ」

見初の声が突然野太くなった。白玉を抱いていた腕も、毛むくじゃらになっている。

驚いて見上げると、巨大な雪神がじっとこちらを見下ろしていた。

「ぷぅぅぅぅ〜〜っ‼」

そこで白玉は、悪夢から覚めて飛び起きた。

周囲では雪神たちがぐうすかと眠っている。白玉は藁と綿で作った寝床で寝かせられていた。

「ぷ……ぷぅ……」

ほっとすると同時に、波のように押し寄せてくる寂しさ。耐え切れなくなって、かまくらを飛び出した。

猛吹雪が吹き荒れる中を必死に走り続ける。寒さは平気だが、途中強風に煽られて何度もよろけて転んでしまう。それでも懸命に進んでいくと、とうとう麓まで辿り着く。

しかし、そこで白玉を待っている者はいなかった。

「ぷ、ぷ……っ」

目の奥が熱くなって、視界がじわりと滲む。

心のどこかでは、見初たちが迎えに来てくれると思っていたのに。もしかしたら、あんな形でホテルを飛び出してしまったから、愛想を尽かされてしまったのかもしれない。

もう皆とは会えないの？

「ぷぅ――っ‼」

白玉の悲痛な叫びは、激しい吹雪の音に掻き消されてしまった。


時を同じくしてホテル櫻葉の寮のホールでは、永遠子が頭を抱えていた。

「そろそろ白玉ちゃんを迎えに行ってあげましょうよ。きっと寂しがってると思うわよ」

「でも、私たち白玉に嫌われちゃいましたし……」

「もう白玉には会えないんだ……」

椅子の上で三角座りをしながら、見初と冬緒は缶ビールを握り締めていた。白玉が家出してからというもの、こうして夜更けまでやけ酒を飲んでいるのだ。

「確かに今回のことは私たちが悪かったと思うし、白玉ちゃんが怒るのも当然だわ。だけど、このままお別れなんて嫌でしょ？」

「「嫌だ！」」

そう叫んだ拍子に手に力がこもり、二人の缶がべこっとへこんだ。

「だったら、許してくれるまで謝るしかないわよ。白玉ちゃんもいつか分かってくれるわ」

「だけど、許してくれないかもしれませんし……」

「顔も合わせてくれないだろうし……」

永遠子は根気強く諭し続けた。しかしうだうだと管を巻く酔っ払いたちに、ついに忍耐の限界を迎えた。

「いい加減にしなさいっ！」

テーブルをバンッと強く叩いた永遠子に、二人が肩を震わせる。

「明日、白玉ちゃんを迎えに行くわよ」

「で、でも永遠子さん……」

「しつこい！」

「「すみませんっ！」」

激しい剣幕で尻を叩かれ、見初と冬緒は椅子の上で正座しながら返事をした。

◆◆◆

その翌日。雪山では困った事態が起きていた。

「おーい、腹減ってないのか？」

「……ぷぅ」

白玉が干し草も食べなくなってしまったのである。かまくらの隅っこで体を丸めている姿に、雪神たちはひそひそと話し合う。

「ありゃ『ほーむしっく』ってやつかねぇ」

「やはり、帰らせたほうがいいのではないか？」

「ダメだ。我が先ほどそう言ったのだが、突然凶暴になって毛を毟《むし》られてしまった」

「意固地になっちまってるな……どうするよ、長老」

長老と呼ばれたのは、一際大きな雪神だった。長老は白玉を一瞥《いちべつ》すると、顎《あご》を擦りながら言った。

「仕方あるまい。ここは荒療治をするしかないのぅ」

日が暮れて夜になっても、白玉は何も食べずに過ごしていた。ぐぅぅとお腹が大きく鳴るが、頭の中は見初たちのことでいっぱいだった。

と、長老の雪神が白玉に声をかけてきた。

「仔兎よ、ちょいと外の空気を吸いに行かんか？」

言われるがまま、かまくらの外へ出る。昨夜とは打って変わって、白い満月と無数の星々が輝く静かな夜だ。

長老に連れられて頂上に向かうと、他の雪神たちが勢揃いしていた。そしてその一人が何かを手にしている。

「どうだ。見事なもんじゃろう」

氷で作られた透明なソリだ。前には縄の持ち手もしっかりと付いている。

「ぷぅ……？」

白玉は首を傾げた。確かに精巧な作りをしているが、サイズがやけに小さい。雪神が乗ったら、一瞬で押し潰されてしまいそうである。

「これは、おぬしのために作ったのじゃ」

長老はそう言いながら白玉を抱き上げ、雪の上に置いたソリにそっと乗せた。

「ぷ？」

白玉はすごく嫌な予感がした。

「それじゃあ、達者での」

「ぷっ、ぷぅ～～～～っ⁉」

長老に押されて、白玉を乗せたソリは滑り出した。

その頃雪山の麓には、見初と冬緒が訪れていた。当初は永遠子も同行する予定だったが、自分たちに任せて欲しいと説得して、二人だけでやって来たのだ。

「いつまでも永遠子さんにおんぶにだっこじゃダメですもんね」

「……そうだな」

固い決意を胸に、二人で山の頂上を見上げる。

「よし……じゃあ俺が白玉を迎えに行ってくる」

「えっ。私も行きますよ！」

「頂上までは結構距離があるし、雪も積もっていて危ないだろ？　……白玉と一緒に帰って来るから、見初はここで待っていてくれ」

「……分かりました。気を付けてくださいね、冬緒さん」

「ああ」

冬緒はゆっくりと頷き、山の奥へと進んでいった。

ソリが猛スピードで斜面を滑り落ちていく中、白玉は持ち手の縄に必死でしがみついていた。命の危機を感じていると、前方に誰かがいるのが見えた。

あれは……冬緒だ！

「ぷぅっ！　ぷぅぅ……ぷぅ――っ‼」

助けを求めて声を張り上げるが、凄まじい速度となったソリは冬緒の真横を一瞬で通り過ぎてしまった。「ん？　何だ、今の風」と冬緒が訝しげに周囲を見渡す。

しかし真の絶望はこの後に待ち受けていた。目の前に巨大な切り株が見えてきたのである。

「ぷっ⁉」

縄を左右に引っ張って何とか進路を変えようと試みるものの、ついにその時がやって来た。

バキィィィンッ。切り株に正面から突っ込んでいったソリが、粉々に砕け散る。無数の氷の粒が月明かりに照らされ、ダイヤモンドのようにキラキラと輝く。

そして白玉は激突の衝撃で、宙に大きく投げ出されたのだった。

「冬緒さん、大丈夫かなぁ」

冬緒と白玉の帰りを待ちながら、見初はぼんやりと夜空を眺めていた。美しい星々に囲まれるようにして、ぽっかりと浮かんでいる真ん丸の月。それは白玉のふっくらとした顔を彷彿とさせ、見初はクスリと笑う。

しかし、ある異変に気付いて「ん？」と、目を擦った。

月が少しずつ大きくなっている。というより、こちらに向かって近付いている気が……

「ぷぅぅぅっ‼」

いや、月ではない。本物の白玉が空から降ってきている。

「し、白玉ーっ⁉」

見初はあわあわとしながら両手を伸ばし、ギリギリのところで小さな体をキャッチした。

「おかえり、白玉っ！」

「ぷ、ぷぅぅ……っ」

見初に抱き締められ、白玉のつぶらな瞳からとめどなく涙が零れ落ちる。

「ごめんね、白玉に嫌なことをさせちゃってごめんね……！」

「ぷぅぅ！」

白玉はぶんぶんとかぶりを振って、見初の胸元にひしっとしがみついた。

しかし何故白玉は、空を飛んでいたのだろう。柔らかな毛並みを撫でながら、見初が山の頂上へと目を向けた時だった。

「見初ちゃん、白玉ちゃん！」

白玉が気がかりで、永遠子が追いかけてきたのだ。その後ろには風来と雷訪の姿もある。

「会いたかったよ、白玉様ーっ」

「お元気そうで何よりですぞ」

「ぷぅっ！」

妖怪たちが再会を喜び合っていると、ぐーっと白玉のお腹が鳴った。

「白玉様もお腹空いてるみたいだし、早く帰ろうよ」

「そうですな。今宵は宴ですぞ」

「う、うん……？」

何かを忘れているような。怪訝な顔で立ち止まる見初だが、「姐《ねえ》さん、早く！」と風来に急かされて山を下り始める。

「白玉、どこだーっ！　返事をしてくれーっ！」

そして一人忘れ去られた冬緒は、一晩中白玉を探し続けたのだった。

◆この作品はフィクションです。
実在の人物、団体などには一切関係ありません。

双葉文庫

か-51-14

出雲《いずも》のあやかしホテルに就職《しゅうしょく》します⑭

2023年6月17日　第1刷発行

【著者】
硝子町玻璃《がらすまちはり》

【発行者】
箕浦克史
【発行所】
株式会社双葉社
〒162-8540 東京都新宿区東五軒町3番28号
［電話］03-5261-4818(営業部)　03-5261-4833(編集部)
www.futabasha.co.jp(双葉社の書籍・コミックが買えます)
【印刷所】
中央精版印刷株式会社
【製本所】
中央精版印刷株式会社

【フォーマット・デザイン】
日下潤一

ISBN978-4-575-52673-8 C0193
Printed in Japan